당신은 이미 충분합니다

Vom Glück der kleinen Dinge

당신은 이미 충분합니다

안셀름 그륀 지음 | 김현정 옮김

쌤앤
파커스

일러두기

본문에 나오는 성경구절은 한국천주교중앙협의회의
새번역 성경을 따랐습니다.

단 하나의 햇살 속에서

맑고 밝고 거룩하게 빛나는

_____ 님께

목차

후회도 불안도 없는
하루

우리는 종종 주위 사람들에게 이렇게 묻곤 합니다.

"어떻게 지내세요? 건강은 어떠세요? 가족들은 잘 지내죠? 아이들도요? 회사에서도 별일 없으시고요?"

그러면 어떤 사람들은 이렇게 대답합니다.

"네, 다 좋아요. 만족하면서 살고 있어요."

'만족하며 살고 있다.'는 말이 무슨 뜻일까요? 아마도 이런 뜻일 것입니다.

"완전히 잘 지낸다거나 매일매일이 최고라는 뜻은 아니에요. 모든 게 완벽하다고 할 수는 없지만 현재의 삶에 만족해요. 일상생활도, 건강도 이 정도면 그럭저럭 괜찮고요. 물론 예전보다 더 에너지가 넘치거나 건강하지는 않지만, 지금 상태에 만족해요. 이만하면 충분합니다."

어쩌면 행복한 삶은 곧 만족하는 삶입니다. 이처럼 누군가가 자기 삶에 만족한다고 말할 때, 저는 마음이 편안해지고 기분이 좋아집니다. 여러분도 마찬가지일 겁니다. 만족하는 사람은 허풍을 떨 필요가 없습니다. 말하자면 자신의 삶을 큰 소리로 떠벌려 이야기하지 않고 그저 현재의 상황에 만족한다는 뜻입니다.

축구선수 로베르트 레반도프스키Robert Lewandowski는 볼프스부르크 팀과의 경기에서 30분 만에 무려 5골이나 넣은 적이 있습니다. 그는 경기가 끝난 후 기자회견에서 이렇게 말했죠.

"아주 만족스럽습니다."

누구나 공감할 수 있는 대답입니다. 그는 자신이 한 경기에서, 그것도 30분 만에 5골이나 넣었다는 사실을 스스로 강조하거나 떠벌리지 않았습니다. 그저 "아주 만족스럽습니다."라고 담백하게 말할 뿐입니다. 저는 그의 말을 듣고 정말 멋있다고 생각했습니다.

누군가와 대화를 나누던 중에 상대방이 여러분에게 "나는 당신에게 만족한다. 당신이면 충분하다."는 말을 한다면 어떨까요? 상대방은 물론이고 여러분도, 서로에게 좀 더 솔직해지고, 같은 이야기라도 좀 더 진실하게 나눌 수 있습니다. '만족'이라는 단어는, 진솔한 대화의 문을 열어 주는 마법의 열쇠와 같습니다. 서로 만족한다면, 상대방도 여러분도 과장하거나, 거짓말하거나, 숨기거나, 떠벌릴 필요가 없으니까요.

하지만 보통 사람들은 대화를 하면서 "괜찮지가 않아.", "이게 어렵고, 저게 아쉬워." 하는 이야기를 더 자주 나누는 것 같습니다. 이를테면 건강이 나빠졌다거나 가족들 사이에 갈등이 있다는 이야기 말입니다. 그런데 그런 이야기를 하는 사람 중에도 어떤 이들은 그런 상황을 괴로워하거나 한탄하지 않습니다. 그저 의연하게 받아들입니다.

그것이 삶이니까요. 그럼에도 불구하고 그는 자기 삶에 만족합니다. 어렵고, 아쉽고, 미진한 것이 있어도 말이죠. 이처럼 '만족'이라는 단어는 우리를 편안하고 안정된 삶으로 이끌어줍니다.

그렇다고 "무조건 다 만족!"이라고 하면 괜찮을까요? 반대로 지나치게 '과도한 만족감'이 문제가 될 때도 있습니다. '과도한 만족감' 때문에 인생의 중요한 단계에서 발전하지 못하거나 관계가 불편해지기도 합니다. 자신의 가정과 직장에 지나치게 만족하는 사람은 다른 것에는 도통 관심이 없습니다. 남들의 고통이나 사회적 갈등, 부조리 등, 이 세상의 모든 문제가 자신과 전혀 상관없다고도 생각합니다. 세상일에 무심하고 그저 자신의 편안한 삶에만 집중하기 때문입니다. 그러한 '과도한 만족'은 이기적인 삶의 방식에서 생겨난 편협한 만족일 뿐입니다. 그런 사람은 슈퍼마켓에서 필요한 것을 살 수 있다는 사실에도 만족감을 느낍니다.

반대로 매사에 만족하지 못하는 사람 역시 진정한 행복을 느낄 수 없습니다. 늘 불안하고 화가 나 있습니다. 이러한 불만족은 곧 '행복을 느끼지 못하는 병'을 부릅니다. 만족이야말로 진정한 행복의 첫걸음이니까요.

저는 이 책에서 여러분과 함께 이 병을 어떻게 치유할지 알아볼 것입니다. '만족'의 2가지 관점에 대해. 즉 바람직하고 기분 좋은 만족과 지나치게 과도한 만족에 대해 깊이 생각해볼 것입니다. 또한 무엇에도 만족하지 못하는 사람이 있다면, 그 역시 '과도한 만족'에 관한 이야기에서 힌트를 얻을 수 있습니다. 만족, 불만족, 과도한 만족 같은 이러한 마음가짐이 생겨나는 원인이 무엇일까요? 바람직한 만족감을 느끼면서 마음 편하게 살려면 무엇이 필요할까요? 다시 온전히 행복을 느끼려면 어떻게 해야 할까요?

'만족감'은 우리가 가진 다른 여러 마음가짐들과도 매우 밀접한 관련이 있습니다. 만족을 느낄 때, 삶과 일체가 되어 조화를 이룰 때, 우리는 행복하고 기쁩니다. 그리고 만족감은 '욕심 내지 않음'과도 관련이 있습니다. 스스로에게 만족하는 사람은 주어진 환경이나 자기 삶에도 만족합니다. 삶에 만족하면, 세상에 혹은 상대방에게 지나친 요구를 하지 않습니다. 그런 사람은 소박하고 정갈한 마음, 자족하는 마음을 가질 수 있습니다. 자기 자신과 삶에 만족하면 소박한 행복을 자주 발견합니다.

마지막으로 만족은 '감사'와도 연결됩니다. 주어진 것에 만족하는 사람은 저절로 감사함을 느낍니다. 마찬가지로 하루하루의 일상과 현재에 감사함을 느끼는 사람은 자신의 삶에도 만족합니다.

저는 이 책을 쓰기 위해 도서관에서 '만족'이라는 주제를 다룬 책들을 모두 골라 집중적으로 살펴보았습니다. 그때 제 눈에 들어온 유일한 책이 있었습니다. 책 제목에도 '만족'이라는 단어가 들어 있었지요. 1925년에 하인리히 고데프리트P. Heinrich Godefried라는 수도사가 저술한 《만족에 관한 작은 책Ein Büchlein von der Zufriedenheit》이었습니다.

거의 100년 전에 나온 책이니 책의 내용을 그대로 옮기면 요즘 독자들에게는 조금 생소하게 들릴 것입니다. 책에 나온 중요한 메시지를 간단히 소개하자면, 그는 만족에 이르는 3가지 방도를 이렇게 구분합니다. 첫째 하느님에 대한 만족, 둘째 타인에 대한 만족, 셋째 자기 자신에 대한 만족입니다. 이는 만족이라는 주제에 대해 깊이 생각해보기 위한 아주 훌륭한 접근방식이라고 생각합니다. 하지만 저는 또 다른 낯선 길로도 가보고 싶었습니다. 바로 만족의 다양한 영역을 살펴보는 일이죠.

그래서 저는 만족이라는 주제와 관련하여 '소박함'에 대해서도 많은 책들을 찾아보았습니다. 소박함도 분명히 여러 가지 '만족' 중 하나니까요. 소박하게 사는 것, 나에게 주어진 것에 만족하는 것, 더 많이 가지려는 마음을 멈추는 것, 이는 우리가 소소한 것에서 행복을 발견하게 해주는 훌륭한 수단입니다.

서구문화의 역사 속에는 언제나 소박함을 향한 움직임이 있었습니다. 프랑스의 사상가 루소는 이른바 소박한 삶을 지향한 대표적인 인물입니다. 그 이전에 그리스 철학자 플라톤 역시 '도시의 파수꾼'의 삶이 소박한 삶이라고 말했습니다. 파수꾼은 도시를 약탈하는 것이 아니라 도시를 지키기 때문입니다. 오늘날 서구문명의 영향을 아직 받지 않은 사람들이 유럽 문명국의 사람들보다 삶에 더 만족한다는 이야기도 자주 들려옵니다.

독일어로 '만족zu-friedenheit'이라는 단어에는 '이동'의 뜻이 담겨 있습니다. '쭈zu'라는 접두사가 '목표를 향해 움직인다.'는 뜻이기 때문입니다. 다시 말해 만족은 '평화frieden를 향해 나아간다.'는 의미입니다. 평화는 소유물이 아닙니다. 저나 여러분이 가질 수 있는 것이 아니죠. 그러니 '평화를 가지기'보다는 불만족에서 벗어나 평화와 만족에 이르는 길을 발견하는 것이 중요합니다. 그것을 숙제로 삼고 끊임없이 노력해야 하죠.

한편 '쭈zu'라는 접두사는 '평온한 상태'를 뜻하기도 합니다. 이를테면 독일어로 누군가가 '집에 있다.'라고 말할 때 '쭈 하우제zu hause'라고 표현합니다. 이처럼 만족은 평온한 상태, 마음이 평화로운 상태를 지칭합니다. 마음이 평화로운 상태와 평화를 향한 능동적인 움직임이라는 만족의 의미는 누군가를 '내버려두다zufriedenlassen', 혹은 '만족시켜주다zufriedenstellen'라는 표현에서도 찾아볼 수 있습니다.

여러분 주변의 누군가가 평화로운 마음상태에 있도록 하려면 어떻게 해야 할까요? 귀찮게 하지 않고 내버려두어야 합니다. 그를 만족스럽게 만들어주려면, 그가 만족할 수 있는 상태를 우리가 능동적으로 만들어내야 합니다. 이러한 의미에서 저는 만족의 상태와 마음가짐, 만족이 우리에게 미치는 영향, 그리고 만족에 도달하기 위해 우리가 나아갈 수 있는 길에 대해서 이야기하려고 합니다.

1장

결코 끝나지 않을
헛된 싸움

독일어로 '만족'을 뜻하는 단어 'zufriedenheit'의 어원은 '평화'와 관련이 있습니다. 독일어로 '평화'를 뜻하는 'frieden'는 '자유로운frei'이라는 단어족에 속하며, 인도게르만 어족 어원인 '프라이prai'에서 비롯되었습니다. '프라이'는 '보호하다, 아끼다, 좋아하다, 사랑하다'라는 뜻을 지닙니다. 보호받는 사람, 사랑받는 사람은 자유로움을 느낍니다. 말하자면 평화는, 자유로운 사람들이 친구처럼 지내면서 서로에게 호의를 베풀 수 있는 안전한 공간을 뜻합니다. 이렇듯 평화는 사랑 없이는 존재하지 못합니다. 우리가 서로 사랑해야만 평화 속에서 살 수 있다는 말입니다.

마음의 평화도 마찬가지입니다. 우리는 끊임없이 자신을 평가하고 판단할 때가 아니라 진심으로 아끼고 보살필 때 마음의 평화를 느낍니다. 또한 우리가 스스로를 좋은 마음으로 부드럽게 다독이고, 일상에서나 인간관계에서나 자유로움을 느낄 때 마음이 평화로워집니다. 반면 주체할 수 없는 욕구에 휘둘리거나, 자신의 약점을 물고 늘어지며 스스로에게 불같이 화를 낼 때는 도저히 마음의 평화를 찾을 수 없습니다.

평화란, 앞서 살펴본 독일어 의미를 진지하게 생각해본다면, 우리의 영혼과 육체가 보호받는 공간에서 비로소 모든 것이 '있는 그대로 존재할 수 있음'을 뜻합니다. 모든 것이 우리에게 속해 있지만, 그것에 우리가 휘둘리지는 않습니다. 우리가 마음속의 모든 것을 있는 그대로 둔다면 우리의 삶은 자유로워질 수 있습니다. 어떤 특정한 형식을 따라야 한다는 압박감에서 벗어나, 우리 안에 존재하는 모든 것을 자유롭게 내버려두어야 합니다. 편견이나 선입견을 버리고, 판단하거나 평가하지도 말아야 합니다. 그저 자유롭게 놓아두고 바라보면서 소중히 여기고 아껴야 합니다.

마음의 평화, 영혼의 평화로 이르는 길은 '평화'라는 단어가 지니는 이러한 의미와 맞닿아 있습니다. '영혼의 평화'는 인간이 내면의 안식을 찾았음을 뜻하는 종교적 개념입니다. '영혼의 평화'란, 우리가 자신의 영혼과 하나가 되는 것, 그리하여 영혼의 작은 움직임에도 다정다감하게 귀 기울이는 것을 의미합니다. 영혼의 작은 움직임을 억누르지 말고, 평온하고 안전한 우리의 내면에 간직해야 합니다. 옛 독일 사람들은 안전하고 '평온한' 영역에서만 평화와 자유가 가능하다고 생각했습니다.

이러한 사상을 받아들인 기독교 신비주의자들은 우리 영혼의 기저에 안전하고 평온한 영역이 존재한다고 생각했습니다. 바로 이곳에 모든 것이 존재할 수 있으며, 또한 바로 이곳에서 우리의 영혼을 요동치게 만드는 모든 것, 모든 감정으로부터 자유로울 수 있습니다. 자유가 존재하는 이러한 내면의 공간을 하느님께서 다스리고 있기 때문이지요. 이로 말미암아 우리는 자신의 욕망과 격정, 다른 사람들의 기대에 휘둘리지 않고 자유로울 수 있습니다.

'평화'를 뜻하는 그리스어인 '에이레네eirene'는 음악에서 비롯되었습니다. 에이레네는 하모니, 즉 다양한 음들이 조화를 이루는 '화음'을 뜻합니다. 이는 마음의 평화에도 훌륭한 비유가 될 수 있습니다. 즉 우리가 강음과 약음, 고음과 저음, 듣기 거북한 음과 감미로운 음으로 화음을 만든다면 자기 자신과 조화를 이룰 수 있습니다. 그리고 우리가 자기 자신과 조화를 이룬다면 다른 사람들과도 조화를 이룰 수 있습니다. 그렇게 되면 사람과 사람 사이에 평화가 생겨납니다.

우리가 다양한 음들을 내면에서 조화시키면 자기 자신에 대해서도, 내면의 울림에 대해서도 만족하게 됩니다. 그 울림은 완벽할 필요가 없습니다. 모든 것이 우리 안에서 소리를 내고 화음을 이룰 수 있는 울림이면 충분합니다.

한편 그리스어에서 '에이레네'라는 개념은 그 이상의 뜻을 담고 있습니다. 즉 에이레네는 시간을 관장하는 3명의 여신인 '호라이Horae' 중 하나입니다. 이러한 생각에는 내면의 평화를 유지하려면 하느님의 도움도 필요하다는 의미가 깔려 있습니다. 우리 안에 존재하는 모든 것, 때로는 우리가 조화시키지 못하는 것을 하느님께서 조화롭게 만들어주신다는 사실을 믿어야 합니다. 하느님은 마치 지휘자처럼, 우리 안의 많은 음들로 화음을 만들고, 그 화음을 모든 이에게 들려주십니다.

라틴어로 '평화'는 '팍스pax'라고 합니다. '팍스'는 '합치하다, 함께 이야기하다'라는 뜻을 지닌 '파시스시pacisci'에서 비롯되었습니다. 당시 로마인들은 평화를 이루기 위해 서로 마찰을 빚는 여러 당파들 사이에 대화가 항상 필요하다고 생각했습니다.

평화협상을 하고 나면 늘 평화조약이 맺어집니다. 이러한 평화조약에는 우리 내면의 모습이 담겨 있다고 말할 수 있습니다. 즉 우리는 마음에서 생겨나는 감정과 열의를 다해, 마음이 말하고 싶은 것을 모두 꺼내어 이야기합니다. 이러한 감정과 목소리가 요구하는 바를 진지하게 받아들이고, 그에 합당한 공간을 내어주어야 합니다.

그리고 평화조약을 이끌어낼 수 있도록 내면의 감정과 목소리들이 서로 의견을 조율할 수 있게 해주어야 합니다. 대화를 통해 생겨난 이러한 평화는 모든 사람들이 힘을 합쳐 지키려고 노력하는 데 기반이 됩니다. 이렇게 라틴어 단어로 이해한 '평화'를 마음의 평화에 적용해본다면 다음과 같이 말할 수 있습니다.

"나는 내 마음속에 있는 다양한 요구들, 내 감정과 열망, 마음속에서 생겨나는 모든 것들과 이야기합니다. 또한 내가 마음의 적이라고 느끼는 모든 것들, 다시 말해 내가 감추고 싶은, 내가 불쾌하게 생각하는 내 안의 다른 면들과도 이야기합니다."

예수님께서는 이와 관련하여 매우 훌륭한 우화를 말씀하셨습니다.

"또 어떤 임금이 다른 임금과 싸우러 가려면, 이만 명을 거느리고 자기에게 오는 그를 만 명으로 맞설 수 있는지 먼저 앉아서 헤아려 보지 않겠느냐? 맞설 수 없겠으면, 그 임금이 아직 멀리 있을 때에 사신을 보내어 평화 협정을 청할 것이다."(루카 14, 31~32)

이 우화를 마음속 상황에 비추어 해석해볼 수 있습니다. 이를테면 우리는 종종 자신의 실수와 약점을 극복하려고 노력합니다. 마치 지우개로 지우듯 없애버리고 싶어 하지요. 실수와 약점은 생각만 해도 짜증 나고 불쾌합니다. 스스로에 대해 가지고 있는 자아 이미지 역시 부정적으로 바꿔놓죠. 우리는 자신감으로 충만해지고 싶고, 자신을 향한 소소한 비판에 예민하게 반응하고 싶지 않습니다. 또 그렇게 하기 위해 자신을 더 많이 단련하려고 합니다.

우리는 언제 스스로에게 화가 날까요? 절제하지 못하고 음식을 너무 많이 먹거나 술을 너무 많이 마시고 나면 화가 납니다. 그리고 뒤에서 남의 험담을 늘어놓거나 나쁜

소문을 퍼트릴 때도, 그 순간에는 키득거리며 재미있어 하지만, 나중에 가만히 혼자 생각해보면 자신을 향한 분노, 실망감, 불쾌함이 남습니다. 그러면 그런 실수에 대해 '다시는 그러지 말아야지.' 하고 마음을 먹습니다.

하지만 이러한 결심은 종종 헛된 싸움이 될 때가 많습니다. 되도록 실수하지 말자고 굳게 마음먹지만, 실수를 없애려는 이러한 노력 자체가 자신에 대한 불만족과 좌절감을 갖게 합니다. 실수가 쉽게 없어지지 않는다는 것을 우리가 잘 알고 느끼고 있기 때문입니다.

많은 사람들은 자기 자신에 대해 만들어놓은 이미지와 실제 모습이 일치하지 않는다는 이유로 자신에게 실망하고 불만스러워합니다. 제 주위에도 이러한 사람들을 많습니다. 그들은 자기단련이나 정신력 훈련이 자신의 모든 약점을 극복할 수 있을 거라고 생각합니다. 하지만 이것은 헛된 싸움이 되고 맙니다. 앞에서 이야기한 예수님의 비유를 다시 들어서 이야기하자면, 그들은 고작 1만 명의 병사로 싸우면서 2만 명의 병사를 이길 수 있다는 착각을 합니다. 하지만 그들은 자신의 단점이나 약점과 싸울 때, 늘 열세라는 사실을 인정하려 하지 않습니다.

　제가 처음 수도원에 들어갔을 때 '저의 1만 명의 병사'로, 저의 의지력으로, 저의 야심으로, 저의 단련으로 제 모든 실수와 단점을 점차 극복할 수 있을 거라고 생각했습니다. 하지만 불과 2년 만에 처참한 좌절감을 느꼈습니다. 그때 저는 결코 제 약점을 다스릴 수가 없었습니다. 그리고 앞으로도 제 약점을 다스리는 주인이 되지 못하리라는 사실을 깨달았습니다.

　자신의 약점을 더 이상 거부해서는 안 됩니다. 자신의 단점과 싸우지 마세요. 그래야만 스스로와 평화롭게 잘 지낼 수 있고, 또 그래야만 자기 자신과 싸우는 것을 멈출 수 있습니다. 자기 자신을 공격하는 외로운 싸움이 끝나면, 우리의 약점들은 우리에게 어떤 힘이나 영향력도 행사하지 않습니다. 그냥 그대로, 약점은 약점인 채로 있습니다.

저는 제 약점을 잘 알고 있고, 그것을 그대로 내버려둡니다. 그렇게 해도 그 약점들이 저를 휘두르지 않습니다. 제가 제 약점을 지배하려 들지 않으니, 약점 역시 저를 제압하기 위해 맞서 싸우려고 덤벼들지 않습니다. 그렇게 되면 자신과의 끊임없는 싸움으로부터 우리는 해방됩니다. 싸움이 끝나면 스스로에게 너그러움과 이로움을 베푸는 평화조약이 생겨납니다.

다시 앞에 언급한 예수님의 이야기에 빗대어 말하자면, 내 마음속의 적과 평화조약을 체결하면, 그 즉시 1만 명의 병사가 3만 명으로 늘어납니다. 그렇게 되면 내가 살고 있는 나라가 더 커지고 강해집니다. 마음이 풍성해지고 시야도 점점 넓어집니다.

예수님께서 이 비유를 통해 우리에게 제시하는 길은 이렇습니다. 우리가 자신의 단점과 약점, 실수들을 상냥하게 대하고 이야기하면서 그것들이 나에게 무슨 말을 하려고 하는지 물어보아야 한다는 것입니다. 물론 약점들에 휘둘려서는 안 됩니다. 이는 내면의 존엄성에 어긋나는 일입니다.

그런데 우리의 불편한 측면들과 대화를 시작해보면 오히려 그러한 측면들이 우리를 겸손해지게 만듭니다. 그것들은 우리에게 이렇게 말합니다.

"있는 그대로의 너의 모습에 만족하도록 해. 네가 완벽한 사람, 완벽한 그리스도인이라는 환상을 벗어던져. 너는 장점과 약점, 좋은 면과 안 좋은 면을 모두 지니고 있는 인간이야. 다른 사람에게 기꺼이 보여주고 싶은 면도 있지만, 감추고 싶은 부분도 모두 가진 인간이지. 하느님은 너의 어두운 면과 밝은 면, 너의 아름다운 면과 그렇지 않은 면을 모두 알고 있어. 그럼에도 하느님은 있는 그대로의 네 모습을 인정하고 받아들이셔. 그러니 네 자신과, 그리고 네 안에 존재하는 모든 것을 다정하게 바라보고 거기에 만족하도록 해."

이런 말이 어떤 사람에게는 체념으로 들릴 수도 있습니다. '그러니까 있는 그대로의 내 모습을 인정해야 한다는 거지? 나를 바꿀 수도 없고, 내면이 발전할 수도 없다는 거구나.'라고 생각하면서 말입니다. 하지만 그런 뜻은 담겨 있지 않습니다. 우리가 자신의 부정적 측면과 대화를 하다 보면 약점이나 단점 속에는 항상 장점이 숨어 있다는 사실을 깨닫게 됩니다. 또한 단점과도 친구가 될 수 있다는 것을 경험하게 됩니다. 이를테면 적과 대화를 하다 보면 적과 동맹을 맺거나 심지어 친구가 되기도 하는 것처럼 말입니다.

스위스의 심리치료사 융C. G. Jung은 이러한 부정적 측면들이 언제나 삶의 에너지의 원천이 된다고 생각했습니다. 내가 나의 부정적인 측면들을 억압하면 그것들은 나와 맞서 싸우게 되고 나의 영혼 속에서 파괴적인 에너지를 만들어냅니다. 하지만 내가 그러한 부정적인 측면들과 화해하면 그것들은 나에게 생기를 줍니다.

체념하는 상태에서 자신의 약점에 순응하라는 말이 아닙니다. 먼저 자신의 약점까지도 끌어안고 만족해야만 진정한 내면의 변화를 꾀할 수 있습니다. 그렇게 되면 약점들이 힘을 잃고, 나는 하느님이 허락한 유일무이한 내 모습에 점차 익숙해집니다.

누군가 내면의 평화를 발견했다면, 혹은 내면의 평화를 얻으려고 노력한다면 그는 자신의 삶에 더 쉽게 만족할 수 있습니다. 그런 사람은 그렇게 많은 요구를 하지 않습니다. 자기 자신에 대해 만족하지 못하는 사람들은 종종 외적인 것에 불만을 갖습니다. 그런 사람들은 자신이 처한 삶의 상황, 바람과 어긋나는 가정, 소음이 심한 주변 환경, 회사의 업무에 대해서도 불평합니다. 그렇게 되면 외적인 모든 것이 불만의 원인이 됩니다.

물론 살다 보면 마음의 평화를 앗아가는 외적인 상황들도 분명히 맞닥뜨립니다. 그럴 때는 그 상황을 바꿔보려고 노력해야 합니다. 자신과 평화조약을 맺은 사람은 자신을 둘러싸고 있는 외적인 상황에 더 쉽게 만족합니다. 그렇게 되면 그 무엇도 그에게서 마음의 평화를 앗아가지 못합니다.

'영혼의 평화'란,
우리가 자신의 영혼과 하나가 되는 것,
그리하여 영혼의 작은 움직임에도
다정다감하게 귀 기울이는 것을 의미합니다.
영혼의 작은 움직임을 억누르지 말고,
평온하고 안전한 우리의 내면에
간직해야 합니다.
안전하고 '평온한' 영역에서만
평화와 자유가 가능합니다.

2장

오늘 당신이
선물로 받은 것은
무엇입니까?

동서고금을 막론하고 현인賢人들은 '적은 것에 만족할 줄 알아야 한다.'고 강조했습니다. 이 말 속에는 좋은 삶을 살 수 있는 '삶의 기술'이 담겨 있습니다. '적은 것에 만족한다.'는 것은 체념적인 자세가 아닙니다. 여러분이 성공할 능력이 없어서 혹은 여유를 부릴 정도로 돈을 많이 벌지 못하니까 적은 것에 만족하라는 것이 아닙니다. 그보다는 많은 것을 필요로 하지 않기 때문에 만족하는 것입니다. 말하자면 만족은 마음이 평화롭다는 신호입니다.

저는 제가 마시는 물, 제가 먹는 빵에 만족합니다. 하지만 이러한 만족은 제가 정말로 물 한 모금을 즐기면서 조심스럽게 마실 때, 갈증이 풀리는 시원함을 느낄 때, 신선하고 맑은 물을 마시는 것이 얼마나 다행이고 행복한 일인지를 느낄 때만 생깁니다. 빵을 먹을 때도 마찬가지입니다. 빵의 맛을 충분히 느끼고 즐길 때만 빵에 만족할 수 있습니다.

그런데 느끼는 것만으로는 부족합니다. 만족에 이르기 위해서는 하나가 더 필요합니다. 즉 물과 빵을 '하느님의 선물'이라고 생각해야 합니다. 이 선물은 저에게 그냥 주어지는 것이 아닙니다. 그것은 하느님께서 저에게 내려주신 선물입니다. 하느님은 제가 잘되기를 바라십니다.

이러한 의미에서 보면 만족은 언제나 감사할 줄 아는 마음과 관련이 있습니다. 감사할 줄 모르는 사람은 결코 만족하는 법이 없으며, 점점 더 많은 것을 원합니다. 로마 철학자 키케로는 감사할 줄 모르는 마음이 '후마니타스humanitas', 즉 인간성에 위배된다고 보았습니다. 자신을 하느님의 피조물인 인간으로 생각하는 사람은, 하느님께서 그에게 선사하신 것에 대해서도 감사하는 마음을 가지고 있습니다.

감사하는 마음을 갖기 위해서는 어떻게 해야 할까요? 먼저 잠시 하던 일을 멈추고 지금 이 순간에 나에게 무엇이 주어졌는지를 인지해야 합니다. 우리는 감사할 수 있는 기회를 그냥 지나쳐버리는 경우가 많습니다. 하지만 잠시 멈추고 내가 무엇을 선물로 받았는지를 생각해보고 깨달으면 감사하는 마음이 소용돌이치기 시작합니다. 그러면 갑자기 감사할 수 있는 무수한 기회를 발견하게 됩니다.

감사하는 마음을 정신수양의 핵심으로 생각한 수도사 데이비드 스타인들 라스트David Steindl-Rast는 감사하는 마음을 가지기 위해서 3단계가 필요하다고 말했습니다.

"멈추세요! 둘러보세요! 행동하세요!"

이것이 바로 감사의 3단계입니다. 멈추세요! 그렇지 않으면 지금 이 순간, 여기에서 당신에게 주어진 '감사할 기회'들을 지나치게 됩니다. 둘러보세요! 그래야 기회를 포착

할 수 있습니다. 그리고 무언가를 할 수 있는 기회를 움켜쥐고 행동하세요! 마지막 단계는 앞의 두 단계와 똑같이 중요합니다. 데이비드 스타인들 라스트는 행동이 그렇게 어렵고 힘든 일이라고 생각하지 않습니다. 감사를 표현하는 행동은 "감사함을 무언가로 만드는 것이며, 삶에 도움이 되도록 그 기회를 이용하는 것"입니다. 예를 들어, 저는 저에게 상처를 준 누군가의 말에는 감사할 수 없습니다. 하지만 상처를 준 말에 침착하고 너그럽게 반응하는 법을 배울 수 있는 기회를 얻었다는 사실에 대해서는 감사할 수 있습니다.

데이비드 스타인들 라스트는 감사함에 대해 저술한 자신의 저서에서 옴람 미카엘 아이반호프Omraam Mikhael Aivanhov의 말을 인용했습니다.

"우리가 의식적으로 '감사합니다.'라고 말할 수 있다면, 모든 것을 변화시킬 수 있는 마술지팡이를 얻은 것과 같다."

감사하는 마음을 가진 사람은 매 순간 하느님으로부터 받은 선물을 인식합니다. 웃음, 좋은 만남, 즐거운 대화, 활짝 핀 장미꽃, 알록달록한 가을의 나뭇잎들, 반짝이는 태양, 오늘 무언가를 할 수 있다는 가능성, 다른 사람들을 도와주고 격려해줄 수 있는 기회들을 말입니다.

그러므로 감사의 3단계를 익히는 것이 중요합니다. 잠시 멈추고 그 순간이 나에게 무슨 말을 하는지를 생각해본 다음, 그것에 감사하는 연습을 하는 것이지요. 이를 통해 매사에 감사하는 법을 체득하면 여러분의 삶이 바뀝니다. 그러면 이렇게 말하게 됩니다.

"내가 행복하기 때문에 감사한 것이 아니라, 내가 감사하기 때문에 행복한 것이다."

감사함은 슬픔과 상심도 변화시킬 수 있습니다. 알베르트 슈바이처는 "상황이 좋지 않을 때는, 내가 감사할 수 있는 무언가를 찾아야 한다."라고 말했습니다. 그런데 감사할 수 있는 것은 정말로 항상 존재합니다. 저는 아침에 일어나서 다른 사람들을 향해 다가가 그들을 기쁘게 해줄 수 있는 이러한 새로운 나날이 늘 감사합니다.

독일어로 '감사하다danken'와 '생각하다denken'는 단지 철자 1개만 다릅니다. 영어도 '감사하다thank'와 '생각하다think'가 비슷하죠. '감사하다'라는 말은 '생각하다'라는 말에서 비롯되었습니다. 왜냐하면 올바르게 생각하는 사람이 감사할 줄도 알기 때문이지요. 감사함을 모르는 사람은 자신의 삶에 대해 올바르게 생각하지 못합니다. 감사함을 모르는 사람은 깨어 있는 생각을 할 수도 없습니다.

감사하게 생각할 줄 아는 사람만이 올바른 생각을 합니다. 올바르게 생각하는 사람, 깨어 있는 정신으로 생각하는 사람은 감사하는 마음으로 충만해 있습니다. 감사할 줄 아는 마음만이 우리 인간에게 꼭 맞습니다. 무언가에 대해 감사할 줄 모르는 마음을 가지면 그는 만물이 잘못된 빛을 발하게 만듭니다.

목사이자 신학자 디트리히 본회퍼Dietrich Bonhoeffer는 이에 대해 다음과 같이 강조하여 말했습니다.

"감사하는 마음이 없다면 나의 과거는 깊은 어두움으로, 알 수 없는 수수께끼로, 아무것도 아닌 것으로 떨어진 것과 같다."

다시 말해 우리가 과거에 대해 감사하는 마음을 가져야만 과거의 의미를 인식할 수 있다는 것이지요. 감사하는 마음이 없으면 모든 것이 이해하기 어렵고 알 수 없는 수수께끼가 됩니다. 감사함은 우리에게 과거를 해명해줍니다. 그러면 그 과거는 비로소 진정 우리의 것이 되는 것이지요. 과거가 우리의 일부가 되는 것입니다.

작가 헤르만 헤세는 "나이 든 사람에게 주어진 가장 좋은 특권은 자신의 삶이라는 추억의 책장을 감사한 마음으로 넘길 수 있다는 것이다."라고 말한 적이 있습니다. 내가 감사한 마음으로 추억의 책을 읽으면 내 삶의 의미를 깨닫게 됩니다. 그리고 내 마음은 평화로 충만하게 됩니다.

그렇다면 감사함을 어떻게 표현해야 할까요? 끊임없이 감사하다고 말하는 것이 감사함을 제대로 표현하는 것일까요? 그렇지는 않습니다. 아이들은 선물을 받으면, 좋아서 팔짝팔짝 뛰고 다가와서 꼭 껴안아줍니다. 기뻐하는 행동으로 감사함을 표현하죠. 아이들에게는 그러한 행동이 감사함을 나타내는 표현인 것입니다.

이와 같은 생각을 했던 스위스의 신학자 카를 바르트 Karl Barth는 다음과 같은 말을 했습니다.

"기쁨은 감사함의 가장 단순한 표현이다."

기쁨과 감사함은 서로를 완전하게 만들어줍니다. 기쁨은 감사함의 표현입니다. 또 반대로도 마찬가지입니다. 감사함은 기쁨의 열쇠입니다. 그는 또 이렇게 말했습니다.

"우리가 감사하는 순간에 우리 안에 항상 존재하는 기쁨을 되찾게 된다."

감사하는 마음과 내면의 평화를 가지고 하루하루를 살아가는 사람은 주변 사람들에게도 이러한 마음가짐을 전파시킬 수 있습니다. 감사함은 나의 하루만 변화시키는 것이 아니라 이러한 마음가짐을 접하는 다른 사람들의 삶까지도 변화시킵니다.

감사함은 우리가 마주치는 사람들과 우리를 하나로 연결시켜줍니다. 데이비드 스타인들 라스트는 감사함이 우리를 다른 사람들과, 또한 다른 지역의 사람들과도 연결시켜준다고 말합니다.

　"이 세상에는 감사함의 가치를 모르는 사람들이나 공동체는 존재하지 않는다. 감사할 줄 아는 사람은 어디에서나 현자로, 훌륭한 사람으로 손꼽힌다. 이 세상의 모든 사람들이 감사함을 높이 평가한다."

　다른 사람들과 하나로 연결되어 있다고 생각하는 사람, 그러한 '결속감'을 느끼는 사람은 자신의 삶에 만족합니다. 이렇게 감사함과 만족은 서로 밀접한 관련이 있습니다.

잠시 하던 일을 멈추고 지금 이 순간에
나에게 무엇이 주어졌는지를
인지해야 합니다.
우리는 감사할 수 있는 기회를
그냥 지나쳐버리는 경우가 많습니다.
하지만 잠시 멈추고 내가 무엇을
선물로 받았는지를 생각해보고 깨달으면
감사하는 마음이 소용돌이치기 시작합니다.
그러면 갑자기 감사할 수 있는
무수한 기회를 발견하게 됩니다.

3장

부족해서가 아니라
만족하지 못해서

행복의 조건이 뭘까요? 그 조건을 다 충족했는데도 행복을 느끼지 못하는 사람은 왜 그런 걸까요? 왜 지금 이 순간에 만족하지 못할까요? 만족은 '충분함을 아는 마음'에서 시작됩니다. 그런데 그 '충분한' 느낌을 전혀 모르는 사람들이 있습니다. 그런 사람들은 충분히 먹지도, 충분히 쉬지도 못합니다. 또 손님 입장이 되었을 때도 만족하지 못합니다. 반면 만족할 줄 아는 사람은 초대받은 저녁식사를 훌륭히 즐기는 손님이 됩니다.

하지만 모두에게 좋은 시간, 모두가 즐길 수 있는 시간을 가졌더라도, 그는 가장 즐거운 순간에 집으로 돌아갑니다. 초대해준 집주인이나 다른 손님들에 대해 어떤 직감을 느낀 것이지요. 집주인은 이제 그만 치우고 잤으면 하는 눈치인데도 손님들이 적당함을 모르고 계속 눌러 앉아 있으면, 그 시간을 더 이상 함께 즐길 수 없게 됩니다. 그때부터는 함께 앉아 있는 것이 고역이 되겠지요. 집주인은 어쩔 수 없이 태연한 표정을 지을 수밖에 없습니다. 이처럼 즐거움에도 한도가 있는 법입니다. 충분함을 아는 사람은 이러한 한도를 감지합니다.

독일어로 '충분한genug'과 '적당함을 아는genugsam'은 '무언가에 도달하다, 얻다'라는 의미와 관계가 있습니다. 적당함을 아는 사람, 적은 것에 만족하는 사람은 그 안에서 즐거움과 기쁨을 발견합니다. 충분함을 모르는 사람은 즐길 줄도 모릅니다. 즐거움은 '충분함을 아는 것'과 분명히 관계가 있습니다. 내가 지금 경험하고 있는 것을 충분하다고 느끼면 나는 즐겁습니다. 충분함을 모르는 사람은 결코 만족하지 못합니다. 당연히 행복할 수도 없죠.

적당함을 아는 사람은 적은 것에 만족합니다. 그는 결코 까다로운 요구를 하지 않습니다. 그는 식사 초대를 받았을 때 혹은 버스나 전철에서 자리가 비었을 때 만족감을 느낍니다. 이처럼 그는 안락한 삶에 대해 지나치게 높은 기준이나 요구사항을 제시하지도 않습니다.

이는 무엇보다 '현자는 적은 것에 만족한다.'는 스토아 철학의 지혜와 일맥상통합니다. 스토아 철학자들은 소박한 삶, 검소한 생활방식을 장려했습니다. 의식적인 삶을 살아가는 오늘날의 많은 사람들에게 이러한 생활방식은 당연한 것이 되었습니다. 이러한 삶은 궁핍함이나 따분함의 상징이 아닙니다. 오히려 소박한 삶은 질적으로 수준 높은 삶입니다.

많은 것을 요구하지 않는 검소함은 만족으로 이어지며 아름답고 맑은 삶으로 이끌어줍니다. 소설가 장 파울Jean Paul은 이러한 소박한 삶에 대해 다음과 같이 말합니다.

"푸른 하늘과 봄의 초록빛 대지만 있어도 가장 축복된 나날을 보낼 수 있다."

장 파울은 소박함이 축복과 관련되었다고 생각했습니다. 푸른 하늘과 봄의 초록빛 대지를 즐길 수 있는 사람에게 소박한 삶의 방식은 진정한 행복에 이르는 수단입니다.

중국의 철학자 노자 역시 욕심 내지 않고 만족하면서 사는 소박한 삶의 방식에 대해 다음과 같이 표현했습니다.

"당신에게 아무것도 부족하지 않다는 사실을 깨달으면 온 세상은 당신의 것이 된다."

하느님께서 나에게 선사하신 것, 나의 육체와 정신, 나와 함께 살아가는 사람들, 내가 가지고 있는 것이 충분하다고 생각하면 온 세상은 나의 것이 됩니다. 내가 세상에 동의하면 나는 세상과 하나가 됩니다. 그리고 내가 세상과 하나가 되면 세상은 나의 것이 됩니다. 그리고 내가 세상에 속해 있음을 느낍니다. 내가 조심스럽게 숲속을 거닐며 나무의 향기를 맡는 그 순간에 나는 온 세상과 하나가 되며 궁극적으로는 모든 것을 만든 신과 하나가 됩니다. 모든 것은 나를 위해 존재합니다. 나를 만들고 나에게 영혼을 불어넣어주신 하느님께서 나에게 이 모든 것을 주셨습니다.

오늘날 많은 사람들은 '충분히 가지지 못하는 것'에 대한 두려움에 사로잡혀 있습니다. 화려한 곳으로 휴가를 떠날 돈이 없다거나, 노후대비를 할 돈을 충분히 마련하지 못했다고 생각합니다. 또 어떤 사람들은 지금 사는 집이 좁고 불편해 더 큰 집으로 이사를 가고 싶어 하고, 낡은 자동차를 보며 더 안전하고 비싼 차를 사고 싶어 합니다.

지금 가지고 있는 것이 '충분하지 않다.'는 느낌은 왜 드는 것일까요? 크게 나눠 2가지 이유가 있습니다. 첫째는, 미래에 대한 불안과 두려움 때문입니다. 미래를 보장할 만한 금전적인 여유가 없다고 생각하는 것이죠. 둘째는, 남과 비교하는 마음 때문입니다. 남들의 시선에서 봤을 때 충분하지 않다는 두려움입니다.

첫 번째 이유인 미래에 대한 불안, 즉 노후를 대비할 돈이 충분하지 않다는 두려움은 현재의 자신이 부족하다는 두려움과도 관련이 있습니다. 대부분의 사람들은 어릴 때 부모의 요구를 충족시키지 못하는 경험을 합니다. 그렇게 되면 자신이 부족하다는 느낌이 평생 그를 따라다니게 되지요. 그들은 엄마로서, 아빠로서 혹은 직장에서도 자신이 부족하다고 생각합니다. 그리고 다른 사람들과 대화를 할 때도 자신의 주장을 제대로 펼치지 못합니다.

제 지인 중에 심리학자가 1명 있습니다. 그는 심리학 연구 과정을 성공적으로 마친 사람인데, 매번 과정이 끝날 때마다 자신이 부족하다는 느낌이 들었습니다. 그리고 자신이 더 잘했어야 했다고 생각했습니다. 자신이 부족하다는 이러한 느낌은 우리에게 끊임없이 불만을 느끼도록 만듭니다. 그렇게 되면 무슨 일을 하든 기뻐할 수가 없습니다. 아무리 잘했더라도 늘 그보다 더 잘할 수 있었을 거라고 후회하고 자책하기 때문이지요.

심리학자들은 흔히 이렇게 말합니다. 우리 마음속에는 도무지 만족할 줄 모르는 어린아이가 1명 살고 있다고 말이죠. 만족을 모르는 이 아이는 항상 뭔가를 불평합니다. 그러면 '나는 엄마로서 부족해.', '나는 아빠 노릇을 제대로 못하고 있어.', '회사에서 나는 늘 부족한 사람이야.', '나는 능력이 모자라.' 하는 생각이 계속 떠오릅니다.

이렇게 만족하지 못하고 늘 뭔가 불평불만을 말하는 이 아이를 어떻게 해야 할까요? 일단 품에 꼭 안아주는 것이 좋습니다. 이 아이를 감싸 안고 "나에게 너는 충분히 훌륭한 존재야. 나는 네가 무척 만족스럽고, 있는 그대로의 네 모습이 가장 좋아."라고 말하면 아이는 마음속에서 자책과 불만의 목소리를 서서히 줄일 것입니다. 그리고 점차 만족할 줄 아는 아이로 변할 것입니다.

부족하다는 느낌을 가지게 되는 두 번째 원인은 '비교'입니다. 나를 다른 사람들과 비교하는 한 내가 가진 것은 영원히 충분하지 않습니다. 나는 늘 부족한 사람이고요. 나보다 말을 더 잘하는 사람, 나보다 더 똑똑한 사람, 나보다 돈을 더 많이 버는 사람, 나보다 더 멋있고, 더 성공했고, 더 유명한 사람은 늘 존재합니다. 그들은 영원히 우리 곁을 떠나지 않을 것입니다.

자신을 다른 사람들과 비교하는 한 현재 자신의 모습과 자신이 지닌 것에 결코 만족하지 못합니다. 덴마크의 철학자 쇠렌 키르케고르는 "비교는 행복의 끝이자 불만의 시작이다."라고 말했습니다. 우리가 자신을 다른 사람들과 비교하면 우리는 항상 불만을 갖게 됩니다. 물론 중국에는 '나보다 못한 사람들과 비교하면 만족을 느낄 수도 있다.'는 뜻을 가진 속담이 있다고 합니다. "자신보다 잘난 사람들과 비교를 하면 불만을 갖게 된다. 그러므로 자신보다 못한 사람들과 비교를 하라. 그러면 아주 많은 것을 갖게 된다." 하지만 저는 비교를 아예 하지 않는 것이 더 좋다고 생각합니다.

하느님께서 나에게 선사하신 것,
나의 육체와 정신,
나와 함께 살아가는 사람들,
내가 가지고 있는 것이 충분하다고 생각하면
온 세상은 나의 것이 됩니다.
내가 세상에 동의하면
나는 세상과 하나가 됩니다.
그리고 내가 세상과 하나가 되면
세상은 나의 것이 됩니다.

4장

가득 채우지 않아
더 충만한 기쁨

한 여성분이 저에게 이런 이야기를 한 적이 있습니다. 편의상 A라고 부르겠습니다. A는 다른 여성들과의 모임에 가는 것을 좋아하지만, 한편으로는 그들과 나누는 대화가 종종 부담스럽게 느껴진다는 것입니다. 그녀가 끊임없이 다른 사람들과 스스로를 비교하기 때문이지요. 이를테면 A는 대학을 나온 다른 사람들이 자신보다 말을 더 잘한다는 느낌을 받으면, 뭔가 말을 하려다가도 용기를 내지 못합니다. 자신이 말하려는 것이 다른 사람들과 비교해서 너무 시시하거나 진부하게 느껴진다는 것입니다.

그런 A에게 한 친구가 이렇게 조언했습니다.

"다른 사람들이 너보다 말을 더 잘하기는 하지만, 너는 그들보다 요리를 더 잘하잖아."

남과 비교하지 말고 그저 자기 자신을 느끼는 것이 도움이 된다는 것이지요. 하지만 말이 쉽지 실제로 이렇게 생각하기는 정말 쉽지 않습니다. 원하든 원치 않든 우리는 무의식적으로 다른 사람들과 자신을 끊임없이 비교하면서 살아갑니다.

하지만 비교하고 있음을 자각하는 순간, 우리는 비교를 멈추고 우리 자신을 느껴야 합니다. 양손을 배 위에 올리고 자기 자신에게 집중하면서 이렇게 말한다면 조금은 도움이 될 것입니다.

"나에게는 나의 모습이 있고, 저 사람에게는 저 사람의 모습이 있어. 나를 느끼는 거야. 있는 그대로의 내 모습이 좋아. 비교하는 것은 아무 의미가 없어. 나는 내 삶을 살아가는 거야. 내가 내 삶을 잘 꾸려나가도록 신경 쓰면 돼. 그러면 나는 나 자신과 내 삶에 만족할 수 있어."

그리스 철학자 에피쿠로스는 자족감과 관련하여 다음과 같은 지혜로운 말을 했습니다.

"적은 것에 만족하지 못하는 사람은 어떤 것에도 만족하지 못한다."

아무리 충분해도 늘 너무 적다고 불만을 갖는 사람들이 많습니다. 콘서트에서 듣는 아름다운 음악도, 훌륭하게 차려진 만찬도 그들에게는 언제나 충분하지 않습니다. 그들은 건강조차 지금보다 더 좋을 수 있을 거라고 생각합니다. 모든 것이 충분치 않다고 생각하니 매사에 불만입니다. 아무리 행복한 일이 일어나도 행복을 느낄 수가 없습니다.

어쩌면 행복한 삶을 사는 기술은, 현재 주어진 것에 만족하고 하느님께서 나에게 주신 선물을 충분히 즐기는 것 아닐까요? 주위에서 찾아볼 수 있는 자연과 생명의 아름다움에 감탄하고, 주어진 음식을 맛있게 즐기고, 나에게 우정을 나눠준 사람들에게 고마움을 느끼는 것 말입니다.

독일어로 '자족감genugsamkeit'이라는 단어는 '온전한 만족감genugtuung'이라는 단어와도 연관이 있습니다. 어떤 일이 잘될 때 혹은 일이 우리에게 기쁨을 줄 때, 우리는 온전한 만족감을 느낍니다. 오스트리아의 소설가 페터 로제거Peter Rosegger는 "일에서 온전한 만족감을 찾지 못하는 사람은 결코 만족에 도달하지 못한다."라고 말한 적이 있습니다. 직장은 우리가 만족감을 발견할 수 있는 중요한 공간입니다. 일을 그저 괴롭고 지겨운 것, 무리한 요구라고 생각하는 사람은 자신의 삶에도 만족하지 못합니다. 반면 즐거운 마음으로 일하는 사람, 일 속에서 기쁨을 찾는 사람은 자신의 삶에서 만족감을 경험하고, 자신이 하는 모든 것에서 만족을 느낄 것입니다.

'자족감'과 '소박함'이라는 주제는 지난 수십 년 전부터 다시 새롭게 조명되고 있습니다. 독일의 신학자이자 사회학자인 라이머 그로네마이어Reimer Gronemeyer는 이러한 주제와 관련하여 《금욕의 새로운 기쁨Die neue Lust an der Askese》

이라는 책을 저술했습니다. 이 책에서 그는 금욕이 우리 시대의 위기에서 벗어나는 해결책이라고 생각하는 사회학자 아르놀트 겔렌Arnold Gehlen의 말을 인용하고 있습니다.

"실제 생활에서 금욕이란 베르그송이 '호사스러운 삶을 향한 경주'라고 부른 것을 일단 배제시키는 것을 의미할 것이다."

그로네마이어는 세계적으로 유명한 패션 디자이너 카를 라거펠트Karl Lagerfeld에 대해 이야기합니다. 화려한 패션계에서 큰 성공을 거둔 그는 숲속에 수도원을 짓고, 거기서 자신의 직원들과 함께 살기를 원했습니다. 그는 이렇게 말했습니다.

"저는 2000년대식 진보와 중세 수도원식 삶의 규율을 결합시켜보고 싶었습니다. 물론 가톨릭적인 뒷맛은 제외하고 말입니다."

분명 라거펠트는 적은 것에 만족할 수 있는 검소한 삶에 동경심을 품고 있었습니다. 겉으로 보이는 모든 화려함을 없애고 온전히 자기 자신과 대면하려고 한 것이지요. 이러한 소박함에는 '가톨릭적인 뒷맛이 없어야' 한다는 겁니다. 이 말은 소박함이 '고된 금욕생활'과는 큰 관계가 없다는 것을 뜻합니다. 더 정확히 말하자면 소박함은 자유로움과 광활함으로 숨을 쉬어야 합니다.

독일의 사회학자이자 작가인 헤라트 셴크Herrad Schenk는 소박함이라는 주제로 다양한 문화권에서 수집한 여러 텍스트들을 엮어서 《소박한 삶: 과잉과 금욕 사이에서 행복 찾기Vom einfachen Leben. Glückssuche zwischen Überfluss und Askese》라는 책을 집필했습니다. 그 책에서 그녀는 소박한 삶의 다양한 모습에 대해 기술하고 있습니다.

세계사의 몇몇 시대에서 찾아볼 수 있는 소박한 삶은 주로 폐쇄적인 공동체 문화에서 나타났습니다. 이를테면 수도원이나 스파르타 같은 도시국가 전체, 고대 프로이센을 예로 들 수 있습니다. 무엇보다도 소박한 삶은 자연과 점점 멀어져갔던 문명에 대한 해결책이었습니다. 소박한 삶은 자연과 함께하는 삶, 다시 말해 자연적이고 원시적인 삶이니까요.

또한 소박한 삶은 '더 많은 것'을 추구하려는 생각에서 비롯된 자본주의에 대한 항변, 자원낭비에 반대하는 징표이기도 합니다. 소박한 삶에 대한 동경은 점점 더 복잡해지는 삶에서, 그러한 삶이 짓누르는 과도한 부담감에서 벗어나고자 하는 의지에서 생겨나는 경우가 많습니다. 완전한 정보 세상에서 살게 된 우리는 언제나 모든 것을 알고 있어야 한다는 쳇바퀴에서 벗어나기를 원합니다. 끊임없이 쏟아져 나오는 정보의 홍수 속에서 정처 없이 둥둥 떠다니는 대신, 똑바로 중심을 잡고 자신의 삶을 사는 그러한 소박한 삶을 다시 원하는 것이지요.

가끔은 소박한 삶을 향한 이러한 동경이 매우 낭만적이기도 합니다. 그리고 소박한 삶에 대한 동경은 부유층의 전형적인 특징입니다. 정말로 빈곤하게 사는 사람은 소박함을 예찬할 리가 없으니 말입니다. 자연으로 회귀하는 삶, 소박한 삶을 지향하는 물결은 낭만주의 시대를 거쳐

1차 세계대전 후의 청년운동과 1970년대의 히피운동에서도 이어집니다.

확실히 인간은 소박한 삶과 적은 것에 만족하는 삶을 동경하는 것이 분명합니다. 오늘날에도 새로운 방식으로 내면의 만족을 얻기 위해 많은 것을 포기하고 의도적으로 소박하게 살아가는 이른바 '다운시프트downshift' 족들이 있습니다. 이러한 삶의 방식이 어느 범위까지 낭만적인지, 혹은 정말로 어느 정도로 내면의 만족으로 이어지는지는 자세하게 살펴보아야 합니다. 가끔 이러한 사람들은 오늘날 어쩔 수 없이 소박하게 살아야 하는 수많은 빈곤층 사람들과 같은 삶을 사는 것이 아니라 사회의 혜택을 풍족하게 받으면서 살아가고 있습니다.

미국의 자연주의 사상가이자 작가인 헨리 데이비드 소로Henry David Thoreau는 다운시프트의 삶을 실현한 유명한 인물입니다. 그는 1845년 매사추세츠의 숲속에 오두막집을 짓고 그곳에서 소박하게 자급자족하는 삶을 살았습니다. 그는 자신이 그렇게 사는 이유를 다음과 같이 쓰고 있습니다.

"내가 숲속으로 들어온 이유는, 깊은 생각을 하면서 살고 싶다는 바람, 본질적인 삶, 참다운 삶에 다가가고 싶은 바람, 이러한 삶을 통해 죽음에 관해 내가 경험하지 못한 것을 배울 수 있지 않을까 하는 바람이 있었기 때문이다."

말하자면 소박한 삶이 무조건적인 목표는 아니었습니다. 정확히 말하자면 그는 소박한 삶을 통해 진정한 삶의 의미와 비밀을 느껴보기를 기대했습니다.

"나는 삶을 깊이 있게 살기 원했고, 삶의 골수를 모두 빨아먹기를 원했으며, 스파르타인처럼 강인하게 살기를 원했고, 삶이 아닌 것은 모두 내쫓아 버리기를 원했다."

숲속 오두막살이에 대한 이러한 묘사에는 '단순해지고 또 단순해지라!'는 요구가 끊임없이 담겨 있습니다. 소비만능사회를 살아가는 많은 사람들은 단순함에 대한 이러한 동경을 갖게 됩니다. 갈증과 탐욕으로 정신없이 돌아가는 생활에서 벗어나고 싶기 때문입니다. 왜냐하면 누구나 참다운 삶, 만족스러운 삶을 원하니까요. 만족은 외부적인 요인에 좌우되는 것이 아닙니다. 더 많이 소비하고, 더 비싸고 좋은 것을 갖고 싶다는 강박에서 벗어난 자유로운 마음에 진정한 만족이 있습니다.

소박한 삶이

무조건적인 목표는 아니었습니다.

정확히 말하자면 그는 소박한 삶을 통해

진정한 삶의 의미와 비밀을

느껴보기를 기대했습니다.

"나는 삶을 깊이 있게 살기 원했고,

삶의 골수를 모두 빨아먹기를 원했으며,

스파르타인처럼 강인하게 살기를 원했고,

삶이 아닌 것은

모두 내쫓아 버리기를 원했다."

5장

행복에
정답이 있다면

주위를 둘러보면 지나치게 욕심 부리는 모습들을 자주 봅니다. 건강에 대한 욕심, 호텔 객실이 조용했으면 하는 욕심, 아이들이 시끄럽게 하지 말았으면 하는 욕심…. 오늘날 이러한 요구들은 법적인 근거도 가지고 있습니다. 이를테면 얼마 전 독일의 한 남성이 자신이 묵는 호텔에 장애인 숙박을 금지시켜야 한다고 법적으로 요구한 적이 있습니다. 마치 무균상태를 요구하는 것처럼 말이죠. 그는 불쾌한 것, 자신의 감정을 해치는 것은 아무것도 존재해서는 안 된다고 생각한 것입니다.

　이러한 지나친 욕심은 공격적인 사회 분위기로 이어집

니다. 또한 자신의 요구가 충족되지 않으면 스스로를 피해자라고 느끼게 만듭니다. 이를테면 '내 주위에는 건강한 사람들만 있어야 한다는 권리가 나에게 있어. 그러니 내 주위에 장애인이 있다면 나는 피해자가 되는 거야.'라고 생각하는 것이지요. 이러한 욕심은 과도한 이기주의에서 비롯됩니다. 이기주의는 더불어 사는 삶을 파괴하고 무분별하게 자신의 요구만 내세우게 만듭니다.

그런 사람들은 결코 행복하지도 않고, 만족하지도 못합니다. 만족하지 못하는 이유가 자신의 욕심 때문이라고 생각하지도 않습니다. 심지어 그들은 스스로가 불만족스럽다는 사실조차 인정하지 못합니다. 그렇기 때문에 불만족의 원인을 주변에서 찾고, 남들이 자신에게 평화를 선사해 주기를 기대합니다. 하지만 스스로에 대해 만족하지 못하면, 모든 요구가 충족되더라도 평화를 찾지 못합니다.

지나친 욕심은 오늘날 많은 사람들에게 널리 퍼져 있는 불만족의 가장 큰 원인입니다. 돈을 더 많이 벌려는 욕심, 더 안정적인 일자리를 갖고 싶다는 욕심이 채워지지 않는다는 이유로 국가에 불만을 가집니다. 또 자신이 일하는 직장에서 지나치게 높은 성과와 노력을 요구한다는 이유로도 불만을 가집니다.

어떤 엄마는 국가의 교육제도가 자신의 아들에게 적합하지 않다고 불평했습니다. 그래서 아들이 능력을 제대로 펼치지 못한다는 겁니다. 하지만 이렇게 나라를 비난하면서 정작 자기 아들이 대학 공부를 2번이나 중단했다는 사실은 숨깁니다. 또한 그녀의 아들은 대학 공부가 재미있어야 한다는 욕심을 가졌습니다. 하지만 학업에는 언제나 노력이 뒤따라야 합니다. 재미만 있을 수는 없죠. 이러한 노력은 편안하고 재미있는 공부 혹은 근심 없는 대학생활에 대한 요구와는 모순됩니다.

많은 사람들은 성과 위주로 돌아가는 우리 사회에 대해 불평합니다. 이러한 성과 사회는 인간의 가치를 오로지 성과에서만 찾기 때문에 여러 측면에서 비판의 대상이 될 수 있습니다. 하지만 이러한 비판을 자신의 삶을 스스로 거부하는 행위를 뒷받침하기 위해 악용해서는 안 됩니다.

베네딕트 수도회에서는 젊은 수도사들을 성과에 따라 평가하지 않고 그들이 참된 마음으로 하느님을 찾는지 여부를 평가합니다. 이러한 자세는 열의를 다하여 예배를 올리는 모습에서 나타날 뿐만 아니라 수도회의 대소사를 챙기는 태도, 최선을 다해 업무를 수행하려는 마음가짐에서도 나타납니다. 업무에 헌신하고자 하는 마음가짐은 '내면의 자유'에 대한 신호이자 자신을 하느님께 바칠 준비가 되었다는 신호입니다.

오늘날 심리학자들은 인간이 일에 전념한다는 것, 인간이 일을 하면서 발전한다는 것을 행복한 삶의 기준, 인간의 만족에 대한 기준이라고 봅니다. 반대로 자기 자신과 자신의 욕구에만 맴도는 사람은 만족을 느끼지 못합니다. 앞에서도 말했듯이 그는 불만의 원인을 자기 자신에게서 찾지 않고 외부적인 여건에서 찾기 때문입니다. 만약 지금 여러분의 상황이 그렇다면, 자신의 불만이 무엇인지 똑바로 직시하고 그 원인이 무엇인지 스스로에게 물어보기 바랍니다. 도움이 될 것입니다.

불만의 진정한 원인은 무엇일까요? 우리가 가진 욕심이 너무 커서 혹은 삶과 운명에 대한 기대치가 너무 높아서인 경우가 많습니다. 독일의 철학자이자 정치가 빌헬름 폰 훔볼트Wilhelm von Humboldt는 "대부분의 사람들은 운명에 대한 지나친 욕심과 기대 때문에 자기 자신에게 만족하지 못한다."고 말했습니다.

사람들은 자신이 항상 삶의 양지에 서 있어야 한다고 생각합니다. 그리고 언제나 성공해야 한다고 생각합니다. 운명이 언제나 자신에게 우호적이어야 하며, 질병이나 사고는 자신을 비껴가야 한다고 생각합니다. 하지만 정말 그런 삶이 존재할까요? 운명에 대한 이러한 과도한 요구는 어쩔 수 없이 불만으로 이어질 수밖에 없습니다. 태양이 항상 빛나는 것은 아니니까요. 우리는 삶이 태양과 비, 폭풍우를 거칠 수밖에 없다는 사실을 받아들여야 합니다.

사람들은 자신이 항상
삶의 양지에 서 있어야 한다고 생각합니다.
그리고 언제나 성공해야 한다고 생각합니다.
운명이 언제나 자신에게 우호적이어야 하며,
질병이나 사고는 자신을 비껴가야 한다고
생각합니다.
하지만 정말 그런 삶이 존재할까요?
운명에 대한 이러한 과도한 요구는
어쩔 수 없이 불만으로
이어질 수밖에 없습니다.
태양이 항상 빛나는 것은 아니니까요.
우리는 삶이 태양과 비, 폭풍우를
거칠 수밖에 없다는 사실을
받아들여야 합니다.

6장

당신은
이미 충분합니다

우리는 국가나 사회, 직장에 대해서만 욕심을 부리는 것이 아닙니다. 종종 자신에 대해서도 욕심을 부리지요. 자신에 게 지나치게 높은 기대를 갖고 거기 맞추도록 스스로를 다 그칩니다. 이를테면 우리는 항상 기뻐야 하고, 긍정적으로 생각해야 합니다. 모든 것을 통제할 수 있어야 하고, 매사 에 성공해야 하며, 다른 사람들로부터 인정받아야 합니다. 세상에 그런 사람이 어디 있을까요? 왜 우리는 스스로에 게 이러한 지나친 요구를 하는 걸까요?

이러한 지나친 요구는 어린 시절의 경험에서 비롯됩니 다. 부모가 자녀에게 기대를 갖는 것은 정상적인 일입니다.

자녀에게 아무것도 기대하지 않는 부모는, 자녀가 아무것도 못할 거라고 믿기 때문일 것입니다. 물론 그런 부모는 없겠지만요. 어쨌든 자녀가 부모의 기대를 그대로 받아들일 경우, 그 과도한 기대는 자기 자신을 향한 내적 요구가 되어버립니다. 그렇게 되면 우리는 평생 스스로에게 과도한 마음의 짐을 지우고 삽니다.

몇몇 사람들은 제게 그런 이야기를 했습니다. 어렸을 때부터 항상 부모님의 기대에 부응하려고 쉴 새 없이 자기 자신을 몰아붙여 뭔가를 해야 했다고 말입니다. 예를 들어 친구들과 재미있게 놀고 있으면 부모님이 늘 이렇게 이야기를 했다는 겁니다.

"지금 놀고 있을 때가 아닌데?", "더 중요한 할 일이 있잖니?" 혹은 "먼저 네 방을 치워. 그 전에는 못 놀아!" 등. 그렇게 자란 사람들은 성인이 되어서도 항상 뭔가를 해야만 한다는 강박을 갖고, 무슨 일이든 대단한 성과를 거두어야 한다는 요구를 자기 자신에게 하게 됩니다. 그들은 놀거나 그냥 가만히 앉아 있는 것을 시간낭비라고 느끼고, 어떤 일이든 성과가 있어야 한다고 생각합니다. 그래서 그들은 단 1시간도 오롯이 자신을 위해 자유롭게 쓸 줄을 모릅니다.

스위스의 정신과 의사이자 우울증 치료 전문가인 다니엘 헬Daniel Hell은 자기 자신을 향한 지나치게 높은 이러한 요구가 우울증으로 이어지는 경우가 많다고 말합니다. 그는 우울증이 '도움을 요청하는 영혼의 외침'이라고 했습니다.

영혼은 한계를 알고 있습니다. 우리가 스스로에게 이러한 한계를 넘어서는 요구를 하게 되면, 영혼은 반란을 일으킵니다. 이렇게 영혼이 요동치는 것, 즉 우울증에 걸린 것도 감사하게 생각해야 합니다. 이러한 경우 우울증은 자신을 향한 지나친 요구와 작별해야 한다는 경고등 기능을 합니다.

우리는 언제나 완벽할 수도 없고, 성공할 수도 없습니

다. 항상 용감할 수도 없고, 어디에서나 잘 적응할 수도 없으며, 매순간 침착할 수도 없습니다. 언제 어디서나 자신감에 가득 차 있을 수도 없습니다. 우리는 그저 있는 그대로의 모습으로 있어도 됩니다. 온전한 자기 모습을 허락한다면 삶에도 만족하게 될 것입니다.

저는 종종 종교인들에게서도 이러한 욕심을 봅니다. 그들은 자신이 항상 하느님과 좋은 관계를 맺어야 한다는 욕심, 항상 하느님께 보호받아야 한다는 욕심을 가집니다. 그러면 그들은 하느님을 친구처럼 편안한 존재로 경험하거나 느끼지 못하고 불만을 갖게 됩니다.

그들은 한때 하느님과 좋은 관계를 유지했고, 자신의 모든 문제들을 하느님께 이야기할 수 있었습니다. 그런데 이제는 더 이상 그렇게 할 수 없게 되었습니다. 기도하기 위해 자리에 앉을 때 혹은 기도를 시작할 때면 종종 마음속에서 공허감이 느껴집니다.

자신이 영적으로 계속 성장한다고 해도 무조건 만족감

을 느끼는 것은 아닙니다. 무엇보다도 20년 혹은 50년 전에 자기 안에 들끓던 젊은이의 열광이 더 이상 느껴지지 않고 하느님과의 관계가 변화했다는 사실에 먼저 만족해야 합니다.

하느님과의 관계가 예전에 비해 무미건조해질 수도 있습니다. 하지만 그러한 무미건조함 속에 또 다른 기회가 존재합니다. 저는 하느님을 더 이상 저에게 좋은 감정만을 선사하는 존재로 이용하지 않고, 하느님께 제 마음을 터놓고 제가 지금 가지고 있는 감정들을 가지고(비록 지금은 아주 깊은 감정은 아니지만) 하느님 앞에서 제 길을 나아갑니다.

저는 하느님을 꽉 붙들고 기도와 명상의 시간을 가집니다. 하지만 기도하는 시간 동안에 매번, 언제나 행복한 감정을 느낄 것이라고 기대하지는 않습니다. 저는 현재 주어진 것에 만족합니다. 공허감이 느껴질 때에는 그 공허감을 그냥 느낍니다. 하느님이 가까이에 있음을 느낄 때는 감사함을 느낍니다.

또한 저는 영성지도를 할 때도 스스로에게 끊임없이 요구하는 사람들을 봅니다.

"저는 더 영적인 사람이 되었으면 좋겠고, 오롯이 하느님과 함께 살아나갈 수 있었으면 좋겠습니다. 그런데 제 안에서 세상의 다른 욕망들이 느껴집니다. 기도할 때 좀 더 집중했으면 좋겠고, 다른 사람들을 위해 더 꾸준하게, 더 많이 기도했으면 좋겠습니다."

그들은 영적인 삶을 '성과'와 관련시키고 자기 자신에게 과도한 것을 요구합니다. 언젠가 한 사제가 저와 대화를 나누면서 깨달은 것이 있다면서, 과거에는 자신이 스스로에게 바라왔던 영적 요구가 너무 높아 만족할 수가 없었다고 고백했습니다.

"예전에 저는 제 신앙생활이 만족스럽지가 않았습니다. 하지만 저는 멈추지 않고 계속해서 노력하고 있습니다. 이것만으로도 이미 큰 발전입니다. 다른 사람들이 이야기하는 경험들을 가지고 제 신앙생활을 평가할 필요가 없으니까요. 제가 멈추지 않고 하느님께 다가가는 길에 있다는 사실만으로도 이미 충분히 훌륭한 것입니다."

종교적 삶에 대한 불만은 종종 하느님에 대한 불만이
되기도 합니다.

'하느님께 나를 도와달라고, 나의 두려움을 없애달라
고, 병을 낫게 해달라고 그토록 자주 열심히 기도를 했건
만…. 아무것도 달라진 게 없어.'

많은 사람들은 기도할 때마다 하느님께서 즉시 자신의
기도를 들어주어야 한다고 욕심을 부립니다. 그들은 자신
의 바람이 이루어질 때만 하느님께 만족합니다. 그런 만족
의 이면에는 하느님에 대해 스스로 설정해놓은 기대치 혹
은 특정한 이미지가 존재합니다. 하느님은 항상 자신의 부
탁을 들어주고 이로운 것만 주시는 사랑스러운 아버지여야
한다는 것입니다.

하지만 하느님에 대한 이러한 이미지는, 하느님을 우리
와 같은 인간의 수준으로 끌어내립니다. 하느님은 모든 모
습을 뛰어넘는 곳에 존재하시며 우리에게 경외심을 갖게
하시는 절대적인 비밀과 같은 분입니다. 이해하기 어려운
이러한 하느님께 우리가 스스로 마음을 열어야만, 우리는

하느님께 '네!'라고 말할 수 있고 하느님을 향한 요구를 멈출 수 있습니다. 부디 먼저 마음을 열고 안심하고 사세요. 당신은 이미 충분합니다.

우리는 언제나 완벽할 수 없고,

모든 일에서 성공할 수도 없습니다.

항상 용감할 수도 없고,

어디에서나 잘 적응할 수도 없으며,

매 순간 침착할 수도 없습니다.

늘 자신감에 가득 차 있을 수도 없습니다.

그러니

그저 있는 그대로의 모습으로

있어도 됩니다.

온전한 자기 모습을 허락한다면

삶에도 만족하게 될 것입니다.

7장

더 가지고 싶은 마음
멈추기

"아버지의 뜻이 하늘에서와 같이 땅에서도 이루어지소서."

저는 주기도문에서 '만족'을 찾았습니다. 이게 무슨 말일까요?

종종 사람들은 기도하면서도 의심합니다. '왜 내 기도는 들어주시지 않는 걸까? 내가 과도한 요구를 하는 건가?' 그리고 어떤 이들은 '하느님의 뜻'이 자신의 인생계획을 방해한다고 생각하기도 합니다.

때로는 사랑하는 사람이 건강을 지킬 수 있도록 아주 많이 기도했음에도 불구하고, 그가 죽는 경우가 있습니다. 그렇게 되면 더 이상 기도할 수가 없습니다. 물론 저 역시 오랫동안 건강하게 살고, 앞으로도 더 많은 일을 하며, 세상의 아름다운 것들을 더 많이 경험하면 좋겠습니다. 하지만 저는 제 힘만 가지고는 제 건강을 보장할 수 없습니다. 왕성하게 신앙생활을 하는 것도, 언제나 좋은 감정을 갖고 사는 것도 제 힘만 가지고는 어렵습니다.

저는 주기도문의 이 부분, "아버지의 뜻이 하늘에서와 같이 땅에서도 이루어지소서."를 이렇게 생각합니다. 기도는 '하느님께서 제게 허락하고 기대하시는 것에 제가 동의합니다.'라는 의미라고 말입니다. 지금 저는 비교적 건강하고 그 사실이 무척 기쁩니다. 하지만 혹시 나중에 제가 아프게 되더라도 마음의 평화를 잃지 않을 거라고 믿습니다. 저는 이러한 확신 속에서 하느님의 의지를 마주할 수 있습니다.

이러한 확신을 가지려면 어떻게 해야 할까요? 여러분을 정의하는 근거가 무엇인지, 다시 말해 여러분이 오로지 여러분의 건강과 힘을 근거로 여러분을 정의하는지 아니면 하느님과의 관계를 근거로 정의하는지를 스스로에게 물어

보시기 바랍니다. 그러한 자문자답을 이어가다 보면, 내면에 긍정적인 확신과 평온함이 커지면서 내적 성장을 이끌 수 있습니다.

예를 들어 저는 강의를 시작하기 전에 "아버지의 뜻이 하늘에서와 같이 땅에서도 이루어지소서."라고 기도합니다. 제 강의가 사람들의 마음에 가닿기를 바라는 마음에서 하는 것입니다. 하지만 하느님께서 제 말과 행동을 가지고 어떤 강의를 만드실지는 오롯이 하느님께 맡깁니다. 제가 사람들 앞에서 멋있어 보이고 돋보이는 것이 중요한 것이 아니라, 하느님께서 사람들의 마음을 감동시키는 것이 제게는 더 중요하기 때문입니다.

저는 좋은 사람들을 만나 즐겁고 유익한 대화를 했을 때, 대화를 통해 진정으로 마음을 나누었을 때 기분이 좋아집니다. 사람들과의 만남에서 축복을 받은 듯해서 감사한 마음이 파도처럼 몰려옵니다. 하지만 늘 좋을 수만은 없습니다. 대화가 끝난 후에 뭔가 불편한 감정이 남거나 혹은 상대방의 마음에 전혀 다가가지 못할 때도 있습니다. 그럴 때도 저는 "아버지의 뜻이 이루어지소서!" 하고 혼자 되뇝니다.

대화가 물 흐르듯 매끄럽게 이어지지 않아도 괜찮습니다. 요점에서 다소 벗어나도 상관없습니다. 이보다 더 중요한 것은 하느님께서 제 앞의 대화상대의 마음을 조금씩 움직이게 하신다는 사실입니다. 저는 독자들이 제가 쓴 책들을 즐거운 마음으로 읽고, 이를 통해 마음이 움직인다면 작가로서 더 바랄 것이 없습니다. 그렇게 된다면 참으로 감사합니다.

하지만 어느 날 갑자기 제 책이 사람들에게 아무런 감동도, 기쁨도 주지 못한다고 해도 괜찮습니다. 책이 독자에게 축복이 된다면 그것은 어디까지나 하느님의 의지입니다. 이는 제 힘으로 할 수 없는 것입니다. 이처럼 '하느님의 의지'라는 사실을 알고 있으면, 항상 사람들의 마음을 움직여야 한다는 압박감에서 벗어날 수 있습니다.

여러분은 하루 중에 언제 불만을 가장 많이 느끼나요?

많은 사람들이 주로 저녁시간에 더 많이 불만을 느낍니다. 저녁이 되면 이런저런 생각들이 스멀스멀 머릿속에 떠오르기 때문입니다. "다른 걸 선택했다면 어땠을까?", "딸과 대화할 때 그렇게 버럭 화내지 말았어야 했는데…", "그렇게 하지 말 걸…", "왜 좀 더 신중하고 지혜롭게 대처하지 못했을까…" 등.

이처럼 '~했더라면' 혹은 '~이었더라면' 하는 생각 때문에 저녁이 되면 마음이 편치 않습니다. 그리고 자신이 행동하고 선택한 것, 겪은 것의 대부분을 '내가 부족해서'라고 판단합니다. 더불어 '훨씬 더 잘할 수 있었는데…'라는 생각도 빼놓지 않고 말이지요.

그렇게 생각하는 것도 다 욕심이 지나친 탓입니다. 모든 대화, 모든 결정에서 정신을 바짝 차리고 상대의 마음속에 깊숙이 들어가야 한다는 욕심 말입니다. 하지만 살면서 항상 그럴 수만은 없습니다. 그런 삶은 존재하지도 않고요.

제게 만족이란 '주어진 것을 받아들일 수 있음'을 뜻합니다. 하지만 이와 동시에 제게 주어진 것을 다시 하느님께 내밉니다. 그리고 하느님께서 과거의 것을(비록 그것이 아주 좋지만은 않았더라도) 축복으로 바꿔주실 것이라고 확신합니다.

　사람들은 왜 지난날에 대해 그토록 불만을 느끼는 걸까요? 제 생각에 그 이유는 바로 '자아' 때문입니다. 저도 사람인지라 무슨 일을 하든 좋은 성과를 내고 싶고, 저와 대화하는 상대방이 만족을 느끼면 좋겠고, 어디서나 '유능하고 멋진 신부님'이라는 칭찬도 듣고 싶습니다. 또 다른 사람들이 제가 거둔 성과를 알아주고 인정해주면 좋겠고, 제가 이 세상 모든 사람에게 좋은 사람이면 좋겠습니다.

　말하자면 제 자아는 언제 어디에서나 다른 사람들에게서 사랑, 인정, 찬사, 감탄을 받고 싶은 욕심을 가지고 있습니다. 하지만 만족이란 이러한 자아의 욕심과 이별하는 것을 의미합니다.

　예수님은 자신을 따르는 사람들에게 이렇게 말씀하셨습니다.

"누구든지 내 뒤를 따르려면 자신을 버리고 제 십자가를 지고 나를 따라야 한다."(마르 8, 34)

예수님은 자기를 부인하거나 모든 바람을 부정하라고 요구하신 것이 아닙니다. 예수님이 이보다 더 중요하게 생각하신 것은, 우리가 우리 자신의 자아와 거리를 두어야 한다는 것입니다. 사람에게서 자아를 완전히 없앨 수는 없습니다. 삶을 지속하기 위해서는 자아가 필요하기 때문이지요. 하지만 자아가 너무 강해지면 매사에 자신을 중심에 두고, 삶에 대해서도 지나치게 욕심 부리는 경향이 생겨납니다. 우리는 자아로부터 내적 거리감을 가질 필요가 있습니다.

그리스어 '아파니스타이aparneistai'는 '거절하다, 부인하다, 거부하다.'라는 뜻입니다. 언제 어디서나 중심에 서려고 하고, 모든 것을 '나'와 연관시키며, 자기 자신을 너무 크게 부풀리려는 자아의 욕심을 경계하고 거부해야 합니다. 자아는 억지로 앞에 나서고, 항상 자기만 중심에 놓고 그 주변을 맴돕니다. 그러한 자아의 요구를 거절해야 합니다. 언제 어디에서나 인정받고, 확인받으려고 하는 자아의 습성을 멈추어야 합니다. 그렇게 자아와 거리를 두고 그에 맞설 때, 우리는 자유롭고 참된 자신이 될 수 있습니다. 자아를 뛰어넘어, 온전한 나의 중심으로 가는 길을 되찾게 됩니다.

우리는 자아와 거리를 두어야 합니다.

사람에게서 자아를

완전히 없앨 수는 없습니다.

삶을 지속하기 위해서는

자아가 필요하기 때문이지요.

하지만 자아가 너무 강해지면

매사에 자신만을 중심에 두고,

삶에 대해 지나치게 욕심 부리게 됩니다.

우리는 자아로부터 내적 거리감을

가질 필요가 있습니다.

8장

온전히 받아들인 것만
바꿀 수 있습니다

이러한 자아의 욕심은 종종 주변 사람들을 겨냥하기도 합니다. 이를테면 우리는 직장에서 동료나 상사, 아랫사람에게 불만을 토로합니다. 그들이 더 잘하고 더 많은 성과를 내야 한다고 생각하지요. 사장이라면 더더욱 그렇게 생각할 것입니다. 하지만 사장이 직원들에게 불만을 갖고 그것을 일일이 표현하면, 그 회사의 분위기가 절대로 좋아질 수 없습니다.

만약 사장이 입을 열 때마다 비난과 분노를 퍼붓고 그 목소리가 온 사무실에 울려 퍼진다고 생각해보세요. 직원들은 늘 긴장하고 두려워하며 움츠러들겠지요. 비난하는 말, 성내고 탓하는 말은 직원들에게 상처만 주고 자책감을 느끼게 할 뿐입니다. 하지만 자책감은 무언가를 바꾸거나 변화시키는 동기를 부여하지는 못합니다. 오히려 의욕과 활력을 빼앗고, 자기 삶과 회사를 위하던 좋은 마음도 사라지게 만듭니다.

사장이 직원들에게 불만이 가득한데, 어떤 직원이 아침마다 즐겁게 출근하겠습니까? 마지못해 출근해 주어진 일만 겨우 처리하고 다시 괴로운 마음으로 퇴근합니다. 이처럼 의욕 없는 직원들이 좋은 성과를 낼 수 있을까요? 기발한 아이디어로 회사의 발전을 이끌 수 있을까요? 부정적인 에너지로 가득한 회사가 계속해서 잘될 리는 없습니다.

그렇게 되면 어떨까요? 사장의 불만은 더욱 커지고, 악순환에 접어듭니다. 시간이 갈수록 너무나 거대해져서 걷잡을 수 없는 악순환입니다. 이러한 악순환에서 벗어나는 유일한 방법은, 사장이 자신의 직원들을 있는 그대로 받아들이고 그들과 함께 일하는 것입니다. 사장이 직원들을 좋아하고 기꺼이 그들과 함께 일할 마음을 가져야만 회사 분위기도 좋아지고 직원들의 의욕과 열정도 살아납니다. 그러면 결과적으로 경제적인 면도 개선할 수 있습니다. 또 그렇게 되면 직원들도 더 잘해보려는 도전의식을 갖습니다. 선순환이 시작됩니다.

또한 많은 사람들이 배우자에게 불만을 가집니다. 우리는 가까이에서 함께 살면서 서로에 대해 더 많은 것을 알아갑니다. 이제까지 몰랐던 배우자의 약점이나 실수도 알게 되지요. 배우자가 완벽해야 한다는 욕심을 가지면, 그 혹은 그녀에게 끊임없이 불만을 느끼게 됩니다. 양치하는 방식, 시간을 잘 지키지 않는 습관, 옷을 단정하게 입지 않는 모습에 화가 납니다. 하지만 점점 더 큰 불만을 가질수록 그 혹은 그녀는 점점 더 움츠러듭니다. 말하자면 상대를 결코 만족시킬 수 없다는 자책감과 실망감을 갖게 되는 것이지요. 그래서 결국 단점을 고쳐보려는 노력도 그만둡니다.

또 다른 경우도 있습니다. 부모는 종종 자녀에게 불만

을 가집니다. 학교에서 공부를 더 잘해야 하고, 공부뿐만 아니라 음악, 미술, 승마, 발레를 배워야 한다며 자녀들을 닦달합니다. 부모 자신의 야심을 자녀에게 쏟아 붓는 것입니다. 그런데 자녀들이 이러한 부모의 야심과 바람을 충족시켜주지 못하면 부모는 자녀에게 끊임없이 불만을 갖게 됩니다.

부모의 불만은 아이들의 발달과 성장을 해치는 독약과 같습니다. 아이들은 부모가 자신을 조건부로만 사랑한다고 느낍니다. 다시 말해 자신이 부모의 기대를 충족시킬 때만 사랑받을 수 있다고 느끼는 것이지요. 어떤 아이들은 부모가 제시한 목표를 달성하거나 부모 말에 무조건적으로 순응함으로써 사랑을 얻으려는 전략을 폅니다. 하지만 이러한 전략은 결과적으로 아이 자신을 비뚤어지게 만듭니다. 그런 아이들은 자신의 기량을 제대로 발휘하지 못하고, 하느님께서 허락한 본연의 모습으로 자라나지 못하고 맙니다.

저는 27세 때부터 레콜렉시오 하우스Recollectio-Haus에서 사제와 수도사들과 함께 생활하고 있습니다. 일종의 영성상담 센터인데 그 안에 머무는 사제들도 교구에 불만을 갖곤 합니다. 저 역시 그런 모습을 오랫동안 봐왔습니다. 신부가 자신의 교구에 만족하지 못하면 그 교구에서 많은 영향력을 발휘할 수 없습니다. 교구에서는 신부의 불만을 즉각 감지합니다. 그러면 그 신부와 함께 일하고 싶은 마음이 생기지 않습니다. 신부가 자신의 교구에 애정을 가지고 있어야만 그 교구 안에서 영향력을 발휘할 기회를 얻습니다.

반대로 교구의 신도들도 종종 신부에게 불만을 느낍니다. 신도들이 불만을 느끼는 데는 분명하고도 정당한 이유가 있을 겁니다. 이를테면 신부가 자기만의 독특한 방식으로 일을 추진하지만, 정작 교구에는 크게 도움이 되지 않는 경우도 있을 것입니다. 그런데 저는 어떠한 신부에게도 만족하지 않는 신도들도 많이 보았습니다. 그들은 너무 높은 기대치를 가지고 있기 때문에 그 누구도 그들의 요구를 채워줄 수가 없습니다.

어느 교구의 신도들은 그곳에 부임하는 모든 전임 신부들을 2년 만에 완전히 기진맥진하게 만들었는데, 그러한 이유로 주교가 그 교구에 새로운 신부를 보내지 않았습니다. 이 교구는 신부에게 너무 높은 기대치를 가지고 있어서, 아마도 초인이 아니라면 누구도 그들을 만족시킬 수 없을 것입니다.

세상에 완벽한 신부란 존재하지 않으며, 신부도 그저 한 사람의 인간일 뿐입니다. 교구에서 신부를 '한 사람의 인간'으로 받아들인다면, 비록 조금 부족하더라도 신부가 자신을 변화시키고, 교구 신도들과 함께 힘을 모아 훌륭하게 일할 수 있을 것입니다.

우리가 가족이나 회사, 이웃에게 불만을 가지는 이유가 무엇일까요? 단지 주위 사람들에게 너무 높은 기대치와 까다로운 요구조건을 가지고 있어서일까요? 꼭 그 때문만은 아닙니다. 자기 자신에 대한 불만이 종종 문제를 일으키기도 합니다. 자신에 대한 불만을 다른 사람들에게 투영시키고 자신의 안위를 다른 사람들에게서 기대하면 문제가 생깁니다. 자신의 안위가 다른 사람들의 행동에 좌우된다면, 내면의 평화를 절대로 발견할 수 없기 때문입니다.

중요한 것은 자기 안에서 평화를 찾는 것입니다. 자기 안에서 평화를 찾은 사람은 다른 사람들에게 만족하고, 주위의 모든 것에 대해 화가 나지 않습니다. 또한 상대방이 어떤 사람인지 제대로 인지할 수 있기 때문에 그를 있는 그대로 받아들이게 됩니다.

물론 부부 관계에서 상대방에게 단점을 고치고 바꿔보라고 요구하는 것은 좋은 일입니다. 하지만 이는 내가 배우자를 있는 그대로 받아들였을 때에만 가능합니다. 우리는 우리가 받아들인 것만 변화시킬 수 있기 때문입니다.

신학의 기본원칙은, 하느님께서 온전히 인간이 되었기 때문에 인간이 변화되고 신격화되었다는 것입니다. 이러한 기본원칙은 심리학에서도 마찬가지입니다. 즉 내가 나에 대해 온전히 받아들인 것만 변화시킬 수 있습니다. 내가 거부한 것은 아무것도 변하지 않고 그대로 남아 있습니다.

반면 내가 있는 그대로 받아들인 사람은 자신을 변화시킬 수 있습니다. 내가 그에게 불만을 느낀다는 사실을 그가 감지하면 그는 맞서 싸울 것입니다. 그는 자신이 옳고 내가 옳지 않은 이유들을 계속해서 찾으려고 할 것입니다. 어쩌면 그는 자신을 고치려고 노력할 수도 있겠지만, 나를 절대로 만족시킬 수 없다는 사실에 절망합니다. 그러면 그에게서도 많은 변화가 일어나기는 어렵습니다. 부정적이고 불만스러운 환경에서는 성공적인 변화가 생길 수 없기 때문입니다.

중요한 것은
자기 안에서 평화를 찾는 것입니다.
자기 안에서 평화를 찾은 사람은
다른 사람들에게 만족하고,
주위의 모든 것에 대해 화가 나지 않습니다.
또한 상대방이 어떤 사람인지
제대로 인지할 수 있기 때문에
그를 있는 그대로 받아들이게 됩니다.

우리는 자신에 대해
온전히 받아들인 것만
변화시킬 수 있습니다.
스스로 거부한 것은
아무것도 변하지 않고
그대로 남아 있습니다.

9장

소진된 마음을
채워주는 것은
온유함뿐

만족에는 부정적인 면도 존재합니다. 이는 오로지 피상적인 것에만 만족하는 사람들에게 해당되는 이야기입니다. 그들은 아무 근심 없이 하루하루를 보내고, 그러한 삶에 만족을 느낍니다. 이는 포만한 만족입니다. 이를테면 점심을 잔뜩 먹고 포만감을 느끼며 소파에 드러누워 편하게 쉬려고 하는 것과 같습니다.

이것은 나른하고 의욕이 없는 만족입니다. 그 무엇으로부터도 방해받고 싶지 않고, 지금의 편안하고 노곤한 느낌을 놓고 싶지 않습니다. 이러한 상태를 방해하거나 위태롭게 만드는 모든 사람들이 나의 안식을 방해하는 존재로 느껴집니다.

또한 이런 상태일 때는 나를 찾아온 손님이나 처음 보는 사람들에게 마음을 열지도 않습니다. 방해받지 않은 채 나 혼자 있고 싶고, 내 오랜 습관과 익숙한 환경 속에 숨어 있고 싶습니다. 과거에도 늘 그래왔고, 지금도 그게 좋으니까요. 이러한 삶에 익숙해지면 다른 모든 것은 그저 방해만 될 뿐입니다.

이러한 포만한 만족은 내면의 참된 안식과는 아무 관계가 없습니다. 오히려 평온함을 아주 쉽게 동요하게 만드는 주범입니다. 포만한 만족은 그 상태를 위태롭게 만드는 모든 것에 대해 부정적이고 폐쇄적입니다. 또한 움직임이나 변화가 거의 없습니다. 내면의 크고 작은 움직임을 전혀 인식할 수 없을 정도로 모든 것이 굳어 있습니다. 경직된 상태를 만족과 혼동하는 것이지요.

경직된 상태는 만족스러운 상태가 아닙니다. 그저 기존의 상태를 그대로 놔두고 싶고, 방해받기 싫은 상태일 뿐입니다. 지금의 상태를 방해하는 모든 것이 내 삶에 대한 문제제기이기 때문입니다. '이렇게 사는 것이 맞나?', '내가 진실과 현실을 못 본 척하며 살아가고 있나?' 사람들은 이러한 문제제기에 대해 아주 공격적으로 반응합니다.

독일계 미국인 철학자이자 정치학자인 허버트 마르쿠제 Herbert Marcuse는 이러한 포만한 만족이 '편리함과 업무적, 직업적 안정'에서 나타난다고 생각했습니다. 사람들은 이러한 환경에 적응합니다. 마르쿠제는 이러한 형태를 '노예로 만드는 만족'을 보여주는 사례라고 말합니다. 말하자면 만족은 2가지인데, 고마움과 평온함을 느끼는 만족도 있지만 우리를 노예로 만드는 만족도 존재한다는 것입니다.

후자의 상태에서는 그 누구도 나의 이러한 만족을 방해하면 안 된다고 생각합니다. 국가가 나의 직업적 안정을 더 이상 보장하지 못한다면 국가는 나를 괴롭히는 존재가 됩니다. 나의 편리함을 침해하는 모든 것은 나의 만족을 파괴합니다.

이처럼 포만한 만족은 우리를 노예로 만들고, 이러한 포만한 만족을 위태롭게 만드는 모든 것에 대해 공격적인 태세를 취하게 만듭니다.

이 세상의 현자들은 이러한 포만한 만족에서 벗어나 고마움과 평온함을 느끼는 만족으로 우리를 이끌어줍니다. 고마움을 느끼는 만족은 우리에게 행복의 문을 열어줍니다. 테오도르 폰타네Theodor Fontane는 이러한 좋은 만족에 대해 이렇게 말했습니다.

"안락함을 느끼는 유일한 수단은 주어진 것에 만족하는 법, 지금 내게 없는 것을 바라지 않는 법을 배우는 것이다."

말하자면 만족은 습득할 수 있는 기술이라는 뜻입니다. 예를 들어 주어진 것에 만족하고자 하는 노력을 통해서 말입니다. 물론 이렇게 하기가 항상 쉬운 것은 아닙니다. 우리 안에는 늘 부족한 것을 더 바라는 경향이 있기 때문이지요. 우리 안에 존재하는 이러한 경향을 자각할 때마다 반복적으로 이렇게 말하는 것이 중요합니다.

"나는 내가 가지지 않은 것을 생각하지 않고, 내가 가진 것과 나의 현재 모습에 감사한다."

주어진 것에 만족한다는 것은 체념이나 정체를 뜻하는 것이 아닙니다. 고마움을 느끼는 만족은, 고마운 마음으로 받아들이는 모든 새로운 것에 완전히 열려 있습니다. 하지만 이러한 만족은 무엇보다도 지금 있는 그대로의 것을 고맙게 생각합니다. 그리고 지금 있는 그대로의 것은 마음의 평화를 선사합니다. 이러한 평화로부터 새로운 것이 생겨납니다.

마음속에 불만이 가득 찬 상태에서 늘 새로운 것만 바라면 결국 어떤 것에도 만족하지 못하게 됩니다. 새로운 모든 것은 짧은 시간 동안에만 좋습니다. 쉽게 말해 만족의 유효기간이 아주 짧습니다. 이를테면 사람들의 쇼핑 욕구처럼 말이지요. 어떤 사람들은 물건을 사고 나서 얼마 못가 그 물건을 그냥 방치합니다. 처음 샀을 때는 잠깐 기쁘고 즐겁지만, 얼마 못 가 시들해집니다. 새로 산 물건인데도 더 이상 즐겁지도 기쁘지도 않습니다. 만족하지 않는 사람은 더 많은 물건을 사고, 더 많은 새로운 것을 경험할 수 있겠지만 결국 그는 무엇에도 만족을 느끼지 못합니다.

개신교 시인인 파울 게르하르트Paul Gerhardt는 자신이 쓴 어느 시에서 "만족하고 평안하십시오." 하고 말했습니다. 내면의 만족은 안식과 평온으로 이어집니다. 예수님은 우리가 어떻게 내면의 안식을 찾을 수 있는지 다음과 같이 말씀하십니다.

"나는 마음이 온유하고 겸손하니 내 멍에를 메고 나에게 배워라. 그러면 너희가 안식을 얻을 것이다."(마태 11. 29)

우리가 예수님으로부터 온유와 겸손, 이 2가지 자세를 배운다면 내면의 안식을 얻게 됩니다. 이 성경 구절에서 사용된 그리스어 '프라이스prays'는 '온유' 혹은 '부드러움'으로 번역할 수 있습니다. 영혼의 모든 움직임에(아무리 작은 움직임이라 해도) 온유하게 대할 때만 우리는 안식을 찾을 수 있습니다.

반면 낯선 것을 접할 때 마음속에서 생겨나는 모든 불쾌한 것을 막으려고만 한다면 우리는 결코 안식을 얻을 수 없습니다. 새로운 것을 모조리 거부함으로써 얻을 수 있는 것은 포만한 만족뿐입니다. 하지만 마음속에서 소소하게 끓어오르는 욕구와 감정들, 영혼의 반응들을 온유한 시선으로 바라본다면 우리는 안식을 찾을 수 있습니다. '프라이스'를 '부드러움'이라고 번역할 경우, 우리는 내면의 만족이 지닌 또 다른 측면을 알 수 있습니다. 독일어 단어인 'sanft(부드러운)'는 'sammeln(모으다)'과 어원이 같습니다.

쉽게 말해 부드러움은 '우리 안에 존재하는 모든 것을 모으는 마음'입니다. 모든 것이 우리에게 속해 있습니다. 저는 마음이 분열된 사람들을 많이 보았습니다. 그들은 자신의 올바른 모습이나 경건한 모습, 자제하는 모습만 드러내며 살아갑니다. 그 이외의 다른 모든 것은 그들을 분열시키기 때문입니다.

하지만 이런 사람들과는 진정으로 소통할 수 없습니다.

또한 그들의 모습에서는 평온함이나 감사함, 안식이 느껴지지 않습니다. 겉으로 보이는 그들의 안식이 억압을 통해서 얻어진 것임을 누구나 눈치 챌 수 있습니다. 하지만 그것은 진정한 안식이 아닙니다.

그런 사람들과 만나면 마음을 주고받을 수가 없습니다. 대화를 나누어도 아무것도 흐르지 않습니다. 그들은 자신의 분열된 내면을 절대 드러내지 않기 때문입니다. 다른 사람을 대할 때 자신의 분열된 감정을 숨기고 오로지 이성적으로만 대합니다. 그렇게 되면 우리는 그의 이성만 마주할 뿐, 그 사람 전체를 알 수 없습니다.

또한 이렇게 내면이 분열된 사람은, 결국 겉으로도 평온함이나 감사함, 안식의 기운을 발하지 못합니다. 그 사람의 이성적인 겉모습 뒤에 용암이 부글부글 끓고 있음을 우리는 금세 느낍니다. '내면의 모든 것을 모으는' 부드러움만이 우리의 내면을 안식으로 이끌어줍니다. 우리 안의 모든 것을 두려워하지 말고 사랑스럽게 모은다면, 언제 폭발할지 모르는 화산은 결코 우리 안에 존재하지 않습니다.

우리가 예수님으로부터 배울 수 있는 또 다른 자세는 겸손입니다. 겸손을 뜻하는 라틴어 단어 '후밀리타스humil-itas'는 자신의 현실로 내려가는 것, 다시 말해 자기 내면의 모든 억압된 감정과 열정이 머물러 있는 자신의 그림자, 즉 어두운 부분으로 내려가는 마음입니다.

그런데 우리가 그림자에 너무 많은 것을 허용하면 그것은 안에서 동요를 일으킵니다. 그러면 우리는 억압해온 공격성이나 성적욕구 등이 불쑥 나타날까 봐 두려움에 떱니다. '억누르고 참아왔던 모든 것들이 어느 순간 나도 모르게 고개를 불쑥 내밀면 어떡하지?', '진실을 외면하고 살아왔다는 사실을 갑자기 깨닫게 되면 어떡하지?' 이러한 두려움은 사라지지 않고 계속됩니다. 그러면 어느 순간 평온함으로부터 달아나고 싶어집니다.

겸손한 마음으로 내면의 진실을 받아들일 준비가 되어야만 우리는 안식을 찾을 수 있습니다. 겸손이란 우리 안에서 느껴지는 모든 것을 받아들이는 마음입니다. 이를 통해 우리는 자기 자신에 대한 환상으로부터 벗어날 수 있습니다. 그러면 현실에 만족하게 되고, 스스로에게 참된 안식을 선물할 수 있습니다.

이러한 참된 안식은 결코 포만한 만족이 아닌, 진정한 만족과 감사로 이어집니다. 포만한 만족은 우리를 불안하게 만드는 모든 것을 억압하거나 분열시킬 때 생겨납니다. 포만한 만족 뒤에는 우리를 불안하게 만드는 모든 두려움이 숨어 있습니다. 그렇기 때문에 포만한 만족에 빠진 사람은 자신을 비판하거나 위태롭게 만드는 사람들에게 매우 공격적으로 반응합니다.

그런 의미에서 만족도 학습이 필요합니다. 이와 관련된 많은 속담들이 있는데, 이탈리아의 프리울리Friuli 지역에는 이러한 속담이 있습니다.

"만족할 수 있는 집은 아직 지어지지 않았다."

누구나 만족스러운 집을 짓고 싶어 하고, 만족할 만한 집을 짓는 것은 중요합니다. 그런데 이 속담은 대부분의 사람들이 이러한 만족스러운 집을 아직 짓지 않았다고 말합니다. 대부분의 사람들은 오히려 불만의 집에서 살고 있습니다. 하지만 만족의 집을 짓는 것은 그만한 가치가 있는 일입니다.

프랑스에는 이런 속담도 있습니다.

"만족이 부유함보다 더 소중하다."

소박해도 내가 만족할 만한 집을 짓는 것이, 만족스럽지 못한 수백 개의 방이 있는 대저택을 짓는 것보다 소중합니다. 아무리 부유함으로 내면의 공허감을 채우고자 노력해도, 부유함은 우리를 안식으로 이끌어주지 못합니다. 예수님은 우리의 시선이 영혼의 부유함 혹은 내면의 충만함으로 향하게 해주십니다. 우리 안에 있는 귀중한 진주를 바라봐야 합니다. 이와 같은 것을 발견한다면 안식을 찾고 만족을 느낄 수 있습니다.

또한 예수님은 참된 만족의 길을 우리에게 제시합니다.

"너희는 자신을 위하여 보물을 땅에 쌓아두지 마라. 땅에서는 좀과 녹이 망가뜨리고 도둑들이 뚫고 들어와 훔쳐

간다. 그러므로 하늘에 보물을 쌓아라. 거기에서는 좀도 녹도 망가뜨리지 못하고, 도둑들이 뚫고 들어오지도 못하며 훔쳐 가지도 못한다. 사실 너의 보물이 있는 곳에 너의 마음도 있다."(마태 6, 19~21)

예수님은 여기서 3가지 다양한 보물을 생각하고 있습니다. 즉 좀먹은 값비싼 옷, 벌레가 갉아먹어 망가진 값비싼 궤와 장, 집 안이나 땅속에 묻어둔 보물이 그것입니다. 도둑들은 집에 침입하여 보물이 묻혀 있는 곳을 찾아내고 거기서 보물을 파낼 수 있습니다. 말하자면 우리의 소유물은 절대 안전하지 않습니다. 부유한 사람들은 대부분 자신이 가지고 있는 것을 다른 사람이 빼앗을까 봐 혹은 파괴시킬까 봐 끊임없이 두려움에 떨면서 살아갑니다.

참된 안식과 만족은 우리가 '하늘에 있는 보물'을 모을 때만 얻을 수 있습니다. 다른 사람에게 주는 동냥도 보물이 될 수 있습니다. 기도와 속죄는 우리가 내면의 부유함, 하느님께서 우리에 대해 만들어놓은 본래의 모습, 즉 진짜 모습에 가까워지도록 해줍니다. 이러한 모습에 닿아야만 우리는 온전히 자신과 하나가 될 수 있습니다. 그러면 우리는 참된 안식을 발견하게 됩니다.

주어진 것에 만족한다는 것은
체념이나 정체를 뜻하는 것이 아닙니다.
고마움을 느끼는 만족은,
고마운 마음으로 받아들이는
모든 새로운 것에
완전히 열려 있습니다.
하지만 이러한 만족은 무엇보다도
지금 있는 그대로의 것을
고맙게 생각합니다.
그리고 지금 있는 그대로의 것은
마음의 평화를 선사합니다.
이러한 평화로부터 새로운 것이 생겨납니다.

10장

행복한 사람은
주어진 것을
최고의 것으로 만듭니다

여러분 주위에는 무슨 일이든 긍정적으로 생각하고 작은 것에도 크게 기뻐하고 만족하는 사람이 있나요? 그런 사람과 가까이 지내다 보면 그에게서 발산되는 기분 좋은 에너지 같은 것을 느낄 수 있습니다. 가령 어디든지 그가 나타나면 편안한 분위기가 조성됩니다. 어떤 사람이 만족하며 사는지 아닌지는 그 외에도 수많은 영역에서 나타납니다. 이에 대해 몇 가지만 이야기하겠습니다.

저는 가끔씩 기업에서 직원들을 대상으로 강의를 합니다. 한번은 어느 호텔 체인의 직원들을 만났는데, 그들은 즐거운 마음으로 자신의 업무를 수행하는, 즉 업무 만족도가 매우 높은 사람들이었습니다. 그들은 저에게 다양한 유형의 투숙객에 대해 이야기해주었습니다.

어떤 투숙객은 직원이 친절하게 맞이하고, 쾌적한 객실로 안내해주면 진심으로 기뻐한답니다. 그들은 호텔에 머무는 동안 대체로 서비스에 만족스러워하고, 호텔이 제공하는 여러 편의시설도 기쁘게 사용한다고 합니다. 반대로 호텔의 모든 것에 불만을 갖는 투숙객도 있다고 합니다. 객실에 뭐가 없다, 객실이 너무 작다 혹은 너무 크다, 수건이 너무 작다 혹은 너무 얇다, 침대가 너무 푹신하다 아니면 너무 딱딱하다…. 모든 것이 불만이라고 합니다. 무엇에도 만족하지 못하는 투숙객입니다.

미국의 과학자이자 정치가인 벤저민 프랭클린Benjamin Franklin은 이러한 사람들에 대해 "만족을 모르는 사람은 편안한 의자를 찾지 못한다."라고 말했습니다. 이런 사람은 아무리 좋은 것을 주어도 불평거리를 찾아냅니다. 의자에 앉을 때도 의자를 완전히 믿지 못합니다. 그러니 의자에 앉아 있어도 편히 쉬지 못합니다. 그리고 항상 뭔가 마음에 들지 않는 것을 찾으려고 합니다.

호텔 직원들은 호텔 시설에 대한 투숙객의 반응을 보면 그가 어떤 사람인지 단번에 파악할 수 있다고 합니다. 호텔에서 제공하는 것에 대체로 만족하는 사람들은 매사에 호의적인 사람들입니다. 그런 사람들과 함께 일하면 호텔 직원들도 재미있고 즐겁습니다. 반면 무엇에도 만족하지 못하는 사람은 아무리 그가 원하는 것을 다 들어주어도 결코 만족하지 않습니다. 그리고 직원들의 심기까지 불편하게 만듭니다. 직원들은 투숙객이 제기하는 서비스에 대한 불만 속에 뭔가 완전히 다른 것이 숨겨져 있음을 느낍니다. 바로 투숙객 자신에 대한 불만, 자기 삶에 대한 불만 말입니다.

만족하는 투숙객은 자신이 묵는 호텔과 다른 호텔을 비교하지 않습니다. 그는 이 호텔이 자신에게 제공하는 서비스를 이용하면서 편안하게 호텔에 머무릅니다. 그리고 직원들이 보여주는 친절과 관심에 감사함을 느낍니다. 그러면서 어느 순간 친숙함과 편안함을 느낍니다. 주어진 것에 흡족해하며 만족을 느끼는 사람은 만족하지 못하는 사람보다 훨씬 더 많은 것을 선물로 받습니다. 직원들의 친절한 인사와 관심, 여기서 생겨나는 우정까지도 선물로 받습니다. 반면 만족하지 못하는 사람은 늘 홀로 남겨집니다. 스스로를 고립시킨 결과, 그는 다른 사람들과 접촉할 기회가 점점 더 없어집니다. 이렇게 인간관계에서 배제되면 불만이 점점 더 커집니다.

판매원들도 다양한 유형의 사람들을 경험합니다. 어떤 사람들은 혼자서는 아무것도 결정하지 못합니다. 아예 존재하지 않는 것을 찾는 사람도 있습니다. 백화점에서 파는 모든 물건이 그들에게는 어딘가 전부 부족해 보이는 듯합니다. 매사에 불만으로 가득 찬 이런 손님이 오면 판매원들을 종종 당황스럽고 어쩔 줄 모르겠다고 합니다. 그러한 사람들은 판매원이 고객에게 모든 것을 제공해야 한다고 생각합니다. 그 무엇도 성에 차지 않으니까요.

반대로 상품들을 잘 살펴보고 자신에게 딱 맞는 것을 발견해서 매우 기뻐하는 고객들도 있습니다. 그러한 고객은 자신이 제대로 결정했다고 생각해 더욱 만족스러워합니다. 자신이 산 물건에 대해서도 흡족해하며 집으로 발걸음을 돌립니다.

앞서 말한 불만 고객은 일단 결정을 하고 마지못해 물건을 사기는 하지만 이틀 후에 다시 와서 환불해달라고 요구합니다. 집에 가서 보니 뭔가 마음에 들지 않는 부분이 발견된 것이지요. 그러한 불만 고객들은 모든 판매원들에게 악몽과 같습니다.

판매원들을 대상으로 강의를 하다 보면, 그들이 사람을 한눈에 파악하는 대단한 눈썰미를 가졌다는 사실을 자주 느낍니다. 저 역시 강의에서 많은 사람을 만나다 보니 한두 마디만 대화를 나눠보아도 알 수 있죠. 판매원들은 손님들의 구매행동을 보고 그 사람의 영혼이 어떤지, 이를테면 온전히 자기 자신과 하나가 되는 사람인지 아니면 내적으로 분열된 사람인지를 읽을 수 있다고 합니다. 또한 그 사람이 평소에 어떤 삶을 사는지도 느껴진답니다. 물건을 구매할 때 보이는 행동은 그 사람의 내면에 대해 많은 것을 알려줍니다.

언제나 절대적으로 옳은 것만 원하는 사람들도 있습니다. 하지만 절대적으로 옳은 것이란 세상에 존재하지 않습니다. 그런 사람들이 좇는 것은 환상일 뿐입니다. 때문에 그들은 절대로 만족하는 법이 없습니다. 만족하는 사람들은 절대적으로 옳은 것, 절대적으로 좋은 것이 존재하지 않는다는 사실을 잘 압니다. 그들은 사고자 하는 제품들을 몇 가지 살펴보고 나서 자신의 직감을 믿고 선택합니다. 그러고 나면 옆 가게에 더 저렴한 것 혹은 더 예쁜 것이 있지 않을까 하는 고민은 더 이상 하지 않습니다.

그들은 자신이 구매한 물건에 만족합니다. 그 만족감 속에는 본질적인 사실이 하나 숨어 있습니다. 바로 인간은 제한적인 존재이며, 우리가 구매하는 물건도 언제나 제한적이라는 사실입니다. 사람의 마음속 깊은 곳에 존재하는 동경은 결코 만족시킬 수 없습니다. 하지만 자신이 구매한 물건에 만족하면 그 물건을 기쁜 마음으로 바라보고 즐겁게 쓸 수 있습니다. 그러고 나면 자신이 달라짐을 느낍니다.

반대로 무엇에도 만족하지 못하는 사람은 오늘 산 스웨터뿐만 아니라 궁극적으로는 자기 자신에 대해서도 의구심을 품습니다. 그는 자신에게 정말로 어울리는 옷이 무엇인지도, 자신이 무엇을 원하는지도 확실히 모릅니다. 또한 자신의 선택을 확신하지도 못합니다.

만족하지 못하는 사람은 모든 것에 대해 불평합니다. 예를 들어 식당에 가면 무엇을 먹어야 할지 처음에는 전혀 결정하지 못합니다. 그리고 메뉴판을 보면서 채식 요리 종류가 너무 적다거나 혹은 생선이나 육류 요리가 너무 적다고 불평합니다. 그런 다음 마침내 자신이 먹을 음식을 결정합니다.

하지만 음식이 나오면 또 불평을 시작합니다. 음식이 너무 뜨겁다 혹은 너무 차다, 너무 맵다, 너무 적다, 너무 싱겁다고 말입니다. 그는 항상 불만스러운 것만 찾기 때문에 음식을 제대로 즐기면서 먹지 못합니다. 반면 만족하는 손님은 음식을 있는 그대로 받아들입니다. 그리고 입에 넣은 음식을 천천히 음미하면서 즐겁게 먹습니다. 또한 자신이 지금 먹는 음식을 다른 음식과 비교하거나, 과거에 가본 다른 식당과 비교하지도 않습니다. 지금 자신이 맛있게 먹고 있는 이 음식과 이 식당의 분위기, 상대방과의 즐거운 대화에만 집중합니다.

또한 휴가를 즐기는 것 역시 사람마다 만족도가 다릅니다. 이를테면 절대로 만족하지 못하는 관광객들이 있습니다. 그들은 숙소도 마음에 안 들고, 하이킹을 할 때 이정표가 제대로 정비되어 있지 않은 것도 짜증 납니다. 날씨도 불만입니다. 더워도 불만, 추워도 불만, 비와도 불만, 바람 불어도 불만입니다.

제 여동생은 한동안 여행사에서 일한 적이 있습니다. 그때 그녀는 불평하는 사람들을 끊임없이 경험했습니다. 가끔은 정당한 불평도 있었습니다. 이를테면 여행사에서 약속한 서비스가 제대로 이행되지 않았을 경우에 말입니다. 하지만 그런 불만 때문에 힘든 것이 아닙니다.

여행사 직원들은 어떤 것에도 만족하지 못하는 고객 때문에 신경이 곤두설 때가 많다고 합니다. 제 여동생은 이러한 유형의 고객을 가장 잘 응대했기 때문에 회사는 그런 불만 고객을 여동생에게 맡기곤 했습니다. 여동생은 어떻게 불만에 가득 찬 사람의 화를 풀어주었을까요? 여동생은 그 고객과 그냥 사심 없이 대화를 나누었다고 합니다. 편안하게 대화를 나누다 보면 종종 불만사항과 완전히 별개의 문제들이 수면 위로 떠오른다고 했습니다.

그 순간에는 호텔이 어떠했는지가 더 이상 중요한 문제가 아닙니다. 누군가가 자신의 이야기를 열심히 들어주고 그에게 마음을 털어놓을 수 있다는 사실이 중요해집니다. 이러한 대화를 나누는 것만으로도 불만 고객들은 대부분

혼란스럽고 흥분했던 마음을 가라앉힌다고 했습니다. 진짜 문제는 따로 있었던 것입니다.

　만족하는 사람은 자신에게 주어진 것에 긍정적으로 반응합니다. 말하자면 자신에게 주어진 것을(비록 그것이 가장 좋은 것이 아닐지라도) 최고의 것으로 만듭니다. 예를 들어 하이킹하는 날 하필 비가 와도, 날씨를 불평하기보다 빗속을 걷는 능력이 생겼다며 좋아합니다. 어떤 상황이든 자신에게 좋은 무언가를 얻을 수 있다고 믿는 것입니다.

　한편 휴가지에 가서도 집에서 먹는 것과 똑같은 것을 먹고, 집과 똑같은 편안함을 요구한다면 '포만한 만족'이 생겨납니다. 새롭고 낯선 것을 받아들이지 않는 상태이지요. 포만한 만족은 우리를 편협하게 만들고, 좋은 만족은 우리의 마음을 활짝 열어줍니다. 만족할 줄 아는 사람은 다른 나라에서 혹은 휴가지에서 경험하는 새롭고 낯선 모든 것을 감사하는 마음으로 흠뻑 받아들입니다.

만족할 줄 아는 사람은 일할 때도 남다른 태도와 마음가짐을 보입니다. 어떤 회사에 들어가도 오래 버티지 못하고 금세 그만두는 사람들이 어디에나 있습니다. 그들은 직장 분위기가 좋지 않다면서 얼마 못 가 그만둡니다. 매우 흔한 경우입니다. 만약 몸이 아파서 업무를 계속 할 수 없고 그 때문에 더 이상 버티지 못한다면 직장을 그만두는 것이 적절한 수순입니다. 하지만 금세 그만두는 사람들은 대체로 그런 경우가 아닙니다.

어떤 사람은 새로운 회사에 들어가서 처음에는 동료들이 너무 좋다며 입이 마르도록 칭찬합니다. 하지만 고작 며칠 후에 동료들이 융통성 없고 고루하며 자신에게만 못되게 군다고 불평합니다. 심지어 어떤 경우에는 자신이 따돌림을 당했다고 생각합니다. 회사 사람들이 자신을 받아들여주지 않았다고 한탄하면서 말입니다.

이처럼 만족하지 못하는 사람은 새로운 환경에서도 항상 같은 상황을 경험합니다. 즉 사람들이 자신을 이해하지 못하고, 회사 분위기가 전체적으로 몰상식하다고 비난합니다. 심지어 이성 동료를 다짜고짜 적대시하거나, 팀원들의 태도가 글렀다고 욕합니다.

만족할 줄 아는 사람은 그렇게 빨리 판단을 내리지 않습니다. 그는 일단 한번 둘러보고 자신과 함께 일하는 사람들을 먼저 받아들입니다. 그들과 잘 어울리려고 노력합니다. 먼저 그렇게 노력해보고 나서, 그런데도 정말로 잘 안 될 때에만 이곳에서 계속 일할 것인지 아닌지를 고민합니다. 그러다 보면 문제가 무엇인지 명확하게 파악하고 해결해, 행복하게 일할 수 있는 여건을 스스로 만들기도 합니다. 하지만 만족하지 못하는 사람은 행복하게 일할 수 있는 일자리를 절대로 찾지 못합니다. 그런 일자리가 없어서가 아니라, 어디에서도 그의 마음이 행복할 수 없기 때문입니다.

이런 문제는 가정이나 교회, 우리가 살고 있는 공동체에서도 경험할 수 있습니다. 한 어머니가 매사에 불평불만을 늘어놓는 자신의 딸에 대해 저에게 이야기한 적이 있습니다. 딸은 끊임없이 부모를 비난했습니다. 부모가 해준 것이 하나도 없고, 그래서 자신의 불행은 전부 부모 탓이라는 겁니다.

딸은 자신이 학업을 그만둔 것도 부모 탓이라고 했습니다. 공부를 계속 하도록 부모가 격려해주지 않았다는 것입니다. 정말 그럴까요? 만약 그녀가 학교에 다닐 마음이 없는데도 부모가 계속 학교에 가라고 했다면, 그녀는 더 큰 불만을 느꼈을 것입니다. 그러면 부모가 자신에게 공부를 강요했고, 오로지 성적으로 자신을 평가했다고 또 부모를 탓했을 것입니다.

우리는 무엇에도 만족하지 못하는 사람에게 자꾸 묻습니다. 도대체 무엇을 원하느냐고요. 그런데 이것은 완전히 잘못된 질문입니다. 만족하지 못하는 사람은 가족이나 친구에게 양심의 가책을 느끼게 만드는 능력이 있습니다. 방금 이야기한 그 어머니의 딸처럼 말이지요.

왜 딸은 부모에게 그토록 큰 불만을 가지게 된 걸까요? 그녀의 부모는 자신들이 무엇을 잘못했는지 곰곰이 따져보았습니다. 하지만 아무리 찾으려고 해도 찾을 수가 없었습니다. 부모 잘못이 아니었으니까요. 저는 딸에게 그녀 자신의 불만을 똑바로 직시하고, 그 원인이 무엇인지를 스스로에게 물어보라고 말했습니다.

종종 불만의 이면에는 삶을 향한 어린애 같은 바람이 숨어 있습니다. 사람들은 항상 누군가에게 보살핌을 받기 원하고, 모든 것이 쉽게 해결되길 바랍니다. 모든 소원이 이루어지길 바라는 기대도 가지고 있습니다. 하지만 이러한 어린애 같은 마음을 바꾸지 않는다면 몸이 아무리 자라도 부모에게 칭얼거리며 떼쓰는 어리광쟁이에 머물 뿐입니다. 스스로 아무것도 하지 못하는 어린아이의 단계에서 벗어나 성숙한 어른으로 성장할 수 없습니다.

만족하는 사람은 자신에게 주어진 것에
긍정적으로 반응합니다.
말하자면 자신에게 주어진 것을
(비록 그것이 가장 좋은 것이 아닐지라도)
최고의 것으로 만듭니다.

우리는 무엇에도 만족하지 못하는 사람에게
자꾸 묻습니다.
도대체 무엇을 원하느냐고요.
그런데 이것은 완전히 잘못된 질문입니다.
그들의 불만의 이면에는
삶을 향한 어린애 같은 바람이
숨어 있으니까요.

11장

불만 바이러스로부터
나를 지키는 법

저는 오랜 세월 동안 수도원 공동체에서 살아왔습니다. 이곳에도 만족하는 동료들과 만족하지 못하는 동료들이 있습니다. 물론 공동체에 잘못된 부분이 있다면 당연히 비판할 수 있습니다. 공동체도 포만한 자기만족에 빠지지 않기 위해 계속해서 돌아보고 잘못된 점이 있다면 고쳐나가야 합니다.

그런데 매사에 만족하지 못하는 동료들은 한 가지 공통점이 있습니다. 오직 자기 자신에게서만 찾을 수 있는 것을 공동체에 기대한다는 점입니다. 여러 사람으로 이루어진 공동체는 그 구성원들의 다양한 약점과 실수에 항상 직면합니다. 공동체는 이에 공정하게 대처하려고 노력할 뿐입니다. 그리고 그러한 대처가 항상 옳거나 가장 좋을 수만은 없습니다.

만족하는 동료들은 주위에 평화를 전파하고자 애를 씁니다. 그들은 그다지 모범적인 생활을 하지 않는 다른 동료들에 대해서는 말을 삼갑니다. 반면 만족하지 않는 동료들은 공동체에서 무엇이 잘 되지 않고 있는지 항상 지적합니다. 그들은 공동체와 몇몇 동료들의 약점과 실수에 집착합니다. 지적하는 게 잘못이라는 말이 아닙니다. 잘못된 것을 모르는 척하라는 말이 아닙니다. 올바른 대안이나 해결책은 제시하지 않은 채, 불평만 늘어놓으며 부정적인 에너지를 전파시키는 것이 문제입니다.

공동체가 반드시 이상적이어야 한다는 환상을 버리고, 공동체를 있는 그대로 사랑하는 것이 중요합니다. 내가 사랑하는 것, 내가 완전히 받아들인 것, 나는 그것만 변화시킬 수 있습니다. 내가 거부하는 것은 마음속에 부정적인 형태 그대로 남아 있습니다.

앞에서 말했듯이, 저는 레콜렉시오 하우스에서 많은 신부와 수도사들, 그리고 성당에서 일하는 남녀 직원들과 함께 생활합니다. 저 역시 이곳에서 만족과 불만족을 경험합니다. 신도들은 신부들뿐만 아니라 미사에 대해서도 가끔 불만을 나타냅니다. 그런데 가톨릭 미사는 전 세계 모든 교구에서 올립니다. 그렇기 때문에 저는 그들이 제기하는 불만이 혹시 교구에 대한 지나친 기대감 때문은 아닌가 하고 생각해봅니다.

만족하는 신도는 미사에 참석했을 때 느낄 수 있는 안식과 평온함에 감사합니다. 마음을 울리는 아름다운 성가에도, 가슴 뭉클한 설교 말씀에도 감사함을 느낍니다. 그런데 어떤 신도들은 설교 시간에 사제가 하는 말 한 마디 한 마디에 대해 좋은지 나쁜지 판단합니다. 또한 어떤 설교를 해야 하는지 생각합니다. 그러다 보면 미사 시간에 사제가 하는 말을 흘려듣게 됩니다.

또 어떤 신도들은 다른 곳에서 훌륭한 미사를 경험하고 와서는 자신의 교구에서도 그와 똑같은 활기찬 분위기를 기대합니다. 주위 사람들이 자신에게 이러한 활기를 주어야 한다는 것입니다. 자기 마음속에 활기가 없을 때 다른 사람들이 불어넣어주어야 한다는 헛된 기대를 품고 말입니다.

저는 외부에서 강연을 할 때도 만족하는 사람들과 만족하지 못하는 사람들을 경험합니다. 어떤 사람들은 제가 이야기하는 내용을 충분히 받아들이고 고마워합니다. 제 이야기에 감동을 받는 것이지요. 또 어떤 사람들은 강연이 끝난 후 제게 와서 제가 무슨 이야기를 더 해야 했는지에 대해 충고와 지적을 합니다. 예컨대 제가 사랑이나 용서에 대한 이야기를 너무 적게 했다는 겁니다. 그러면서 자신이 좋아하는 주제를 이야기합니다. 그 내용이 강연 주제와 전혀 상관없는데도 말이지요.

그러면 저는 그의 이야기를 가만히 듣습니다. 주제와 상관없이 자기가 듣고 싶은 이야기를 강조하는 이유가 무엇일까를 생각해봅니다. 저는 그 이유가 불만 때문이라고 생각합니다.

그런 사람들은 본연의 자기 자신과 하나가 되지 못하고 내면과 외면이 분리되어 있습니다. 그러다 보니 자기 의견에 자신이 없고, 자신의 생각이나 취향 등을 남들에게 확인받고 싶어 합니다. 그래서 그들이 저에게 사랑이나 용서에 대해 충고를 해도, 저는 그들의 말 속에 사랑이나 용서가 아닌 독선이 가득 차 있음을 느낍니다.

강연이 끝난 후 청중들과 질의응답 시간을 갖는데, 그때도 비슷한 경험을 합니다. 어떤 사람들은 매우 사적인 질문을 합니다. 저는 그러한 질문에도 기꺼이 제 의견을 이야기합니다. 그런 질문도 감동적인 이야기를 끄집어내어 다른 사람들에게 도움을 줄 수 있으니까요.

또 어떤 사람은 질문이 아니라 아예 강연을 합니다. 제 강연에서 빠진 부분을 지적하고 비난하면서, 자신이 훨씬 더 잘할 수 있다는 것을 사람들에게 보여줍니다. 이처럼 자신을 추켜세워 돋보이게 하려는 그의 노력을 지켜보다 보면, 내면의 분열과 불만이 고스란히 느껴집니다. 그는 감동반은 부분을 이야기하거나, 의문을 제기하는 것이 아니라 모든 사람들 앞에서 자신의 불만을 늘어놓을 뿐입니다. 그러면 청중들은 기분이 상하고 매우 언짢아집니다. 불만 바이러스에 전염되었기 때문이지요.

우리는 모든 만남에서 상대방이 만족하는지 만족하지 못하는지를 느낄 수 있습니다. 무엇보다도 저는 사람들에게 영성지도를 할 때 이것을 경험합니다. 저는 만족하는 사람들과 이야기를 나눌 때 항상 감사함을 느낍니다. 이 경우에는 대화가 성공적입니다. 그리고 대화가 끝난 후 양쪽 다 새로운 시각이 열렸다는 인상을 받습니다.

대화를 나누는 상대방이 자기 자신에게 불만을 가졌다면 저는 일단 상대방의 이야기를 자세히 들은 후 그 불만의 원인이 무엇인지를 묻습니다. 그러면 그는 다른 사람을 거론합니다. 자신이 잘 지내지 못하는 이유, 자신이 불만을 가진 이유가 그 사람 탓이라는 겁니다.

그러면 저는 불만의 원인 중에서 다른 사람을 제외하고

자기 자신이 차지하는 비중은 얼마나 되는지를 거듭해서 묻습니다. 그런 대화를 나누고 나면 가끔은 상대방의 불만이 해소되고 감사함으로 바뀔 때가 있습니다. 그러면 저역시 그 대화를 통해 생겨난 변화에 감사함을 느낍니다.

하지만 늘 이렇게 좋게 끝나는 것은 아닙니다. 가끔은 저 자신에게 무력감이나 실망감을 느낄 때도 있습니다. 제가 말하는 모든 것을 상대가 거부할 때 특히 그렇습니다. 제가 아무리 이런저런 질문을 해봐도 소통이 안 됩니다. 기대했던 대답이 돌아오지 않는 겁니다. 그럴 때 저는 제가 상대방을 제대로 이해하지 못했다는 느낌, 무언가 문제의 핵심을 놓치고 있다는 느낌을 받습니다.

그런 무력감에 빠지면 상대방을 이해하려는 모든 노력이 허사가 됩니다. 저 자신이 불만이라는 벽에 부딪힌 채 화가 치밀어 오름을 느낍니다. 그럴 때 저는 그 벽에 맞서 계속 싸우려고 하지 않습니다. 일단은 그 상대방이 불만을 느끼는 상태로 그냥 내버려둡니다. 그렇다고 제가 그를 포기하는 것은 아닙니다. 저는 그가 자신의 불만을 정면으로 마주보길 바랍니다. 세상 탓을 하거나 남에게 책임을 전가하는 대신 스스로가 무엇부터 시작해야 하는지 인식하기를 바랍니다.

만족하지 못하는 사람을 만족시키는 것은 쉬운 일이 아닙니다. 그렇기 때문에 저는 만족하는 사람과 만날 때면 더욱 큰 감사함을 느낍니다. 만족하는 사람은 주위 사람들에게도 평화로움을 전해줍니다. 그들과는 이야기가 잘 통하기 때문에 대화를 나누다 보면 좀 더 깊이 있고 중요한 주제에 도달하게 되지요. 예를 들면 제 생각을 그들과 함께 확장시켜 나갈 수 있습니다.

이처럼 만족하는 사람들과의 대화는 자신을 풍요롭게 만드는 선물과도 같습니다. 반면 만족하지 못하는 사람들과의 대화는 종종 우리 마음속에 분노와 공격성, 혹은 절망과 불신 같은 감정이 생겨나게 합니다. 다른 사람의 불만 앞에서 나 자신을 보호해야 하기 때문이지요. 그렇지 않으면 그들의 불만이 나에게도 전염되니 말입니다.

저는 만족하지 못하는 사람들과 이야기할 때 제가 좀 더 강한 만족의 에너지를 발산해야 한다는 도전의식이 생깁니다. 다시 말해 제 마음속의 만족감을 그에게 전해야 한다는 책임감을 느끼는 것입니다. 그래야 상대방에게 제 이야기를 성공적으로 전달할 수 있으니까요. 만약 상대방이 제 이야기 이면에 숨은 불만을 감지한다면, 겉으로는 웃으며 고개를 끄덕여도 마음으로는 제 이야기를 거부할 것입니다.

불만으로 가득한 사람들은
본연의 자기 자신과 하나가 되지 못하고
내면과 외면이 분리되어 있습니다.
그러다 보니 자기 의견에 자신이 없고,
자신의 생각이나 취향 등을
남들에게 확인받고 싶어 합니다.
그들과 대화를 하다 보면
종종 우리 마음속에 분노와 공격성,
혹은 절망과 불신의 감정이 생겨납니다.

12장

각자의 십자가를 지고서

콕 집어 말할 수 없지만 뭔가가 답답하고 불안하고 불만족
스러울 때가 있습니다. 그런 느낌을 가지게 되는 원인이 무
엇일까요? 불만에는 겉으로 드러나는 것보다 훨씬 더 근원
적인 이유가 존재합니다. 사람이나 사물, 상황에 대한 불
만은 그저 표면적인 것에 불과합니다. 불만의 근원적인 이
유는 바로 자기 삶에 대해 욕심과 미움입니다.

　삶에 불만을 가진 사람은 '되는 일'보다는 '안 되는 일'
에 더 집중합니다. 좋은 점보다 싫은 점에 집착하고, 편안
한 점보다 거슬리는 점을 더 잘 찾아냅니다. 예컨대 이웃
이 너무 시끄럽고 자꾸 찾아온다고, 너무 호기심이 많고

쉴 새 없이 말을 건다고 불평합니다. 하지만 누군가에게는 정이 많고 붙임성 좋은, 그저 사람 좋고 친근한 이웃일 수도 있습니다. 정반대의 성향을 가진 이웃의 경우에도 불평합니다. 불친절하고, 무뚝뚝하고, 무신경하다고 말입니다.

그리고 자기 삶이 불만스러운 사람은 세상 모든 것에 대해 불평하고 비난합니다. 지금까지 살아온 삶도, 직업이나 경력도, 회사에서 처한 상황도 모두 불만입니다. 가족이나 배우자, 친척 역시 생각만 해도 짜증스럽습니다. 물론 살다 보면 누구나 불만을 가질 만한 이유들을 항상 만납니다. 친척들 사이에서, 회사에서, 인생사에서 쉽게 받아들일 수 없는 일들이 불쑥불쑥 튀어나옵니다. 누구에게나 흔히 일어나는 일이죠. 하지만 문제는 '나에게 주어진 그 일들에 어떻게 반응하는가?'입니다. 어떻게 반응할지는 누가, 무엇이 결정할까요? 바로 나의 마음입니다. 마음가짐이 무엇보다도 중요합니다.

반면 매사에 만족하는 사람은 자신의 삶에도 만족하니

다. 물론 그 역시 기대만큼 일이 잘 풀리지 않을 때도 있고, 종종 어려움을 겪기도 합니다. 하지만 재빨리 그 상황을 받아들이고, 거기에서 긍정적인 측면을 발견합니다. 그는 자신의 삶을 다른 사람들의 삶과 연관시켜서 바라봅니다. 그래서 "나는 삶이 만족스러워. 나는 건강해. 나에게는 사랑하는 가족이 있어. 나에게는 즐겁게 일할 수 있는 직업과 직장이 있어. 나는 나를 지탱해주는 신앙에 감사해."라고 말할 수 있습니다.

삶을 긍정적으로 바라보고 매사에 만족하는 사람도 과거에 한번쯤은 이런저런 헛된 환상이나 기대를 가졌을 것입니다. 하지만 그는 온갖 환상으로부터 벗어났고, 이제는 모든 것을 '있는 그대로' 받아들입니다.

저는 최근에 어느 성당에서 강연을 했는데, 그곳에서 나이가 지긋한 성구聖具 관리인 한 분을 알게 되었습니다. 그에게서는 만족의 에너지가 뿜어져 나오는 듯했습니다. 그는 사제도, 교구도 충분히 만족스럽다고 말했습니다. 성구 보관실

문을 벌컥 열고 들어와 화장실을 찾는 사람들에게도 그는 친절하게 인사하고 안내를 해주곤 했습니다.

그는 교구 사람들에 대해서도 매우 상냥하고 기쁘게 이야기했습니다. 평일에도 30여 명의 사람들이 미사를 드리러 온다며 기뻐했습니다. 그들은 매일 만나서 성찬식을 거행하고 미사가 끝난 후에 함께 담소를 나누면서 서로 소식을 전합니다. 그러한 대화에서 그는 기쁨을 발견했습니다. 이렇게 누구나 다른 사람과 함께 마음을 나눌 때, 자신의 마음을 움직이게 만드는 것이 무엇인지 알게 됩니다. 또한 신앙심이 깊은 사람들로 이루어진 공동체와 함께하면서 도시 한가운데에서도 편안함을 느낍니다.

모두에게 호의적이고 매사에 만족을 느끼는 이 초로의 성구 관리인에게서 저는 지혜로움도 엿보았습니다. 그는 외국인이든, 난민이든, 노숙자든 상관없이 모든 사람들에게 마음을 열었습니다. 그리고 자신이 느끼는 삶에 대한 만족감을 그들에게도 전해주었습니다. 그는 자신의 삶에 만족하기 때문에 그가 만나는 모든 사람에게 좋은 영향을 줄 수 있었던 것입니다.

저는 그와 오랫동안 이야기를 나누지는 않았습니다. 그럴 만한 기회가 없었기 때문이지요. 하지만 저는 그의 삶이 어떻게 흘러왔는지 충분히 상상할 수 있었습니다. 분명히 그저 평탄하지만은 않았을 겁니다. 이 노년의 남성이 발산하는 만족의 에너지는, 그가 겪어온 많은 아픔과 어려움들, 그 모든 상처와 실망을 통해 얻어졌을 것입니다.

그러나 그는 그 모든 어려움에도 불구하고 비관하거나 의기소침해지지 않았습니다. 그는 자신의 삶을 긍정적으로 받아들였습니다. 덕분에 그에게서는 부자연스러운 만족감이 아닌, 참된 만족감, 진짜 만족감이 발산됩니다.

이렇게 만족하는 사람들은 주변 사람들에게 하나의 축복입니다. 제 이모 중 한 분은 전쟁으로 남편을 잃었습니다. 전쟁이 끝난 후 이모는 혼자서 농장을 경영해야 했습니다. 그러다가 이모는 자신이 고용한 일꾼과 재혼을 했습니다. 수년 뒤에 이모의 자녀들 중 둘이 백혈병으로 목숨을 잃었습니다. 그런데도 이모는 활기와 즐거움을 잃지 않았습니다. 어떻게 그럴 수 있었느냐고 물었을 때 이모는 이렇게 대답했습니다.

"모두가 자신의 십자가를 짊어져야 한단다."

이모는 자신의 운명에 대해 저항하거나 체념하지 않았습니다. 이모는 자신의 운명을 하느님께서 지워준 십자가로 받아들였습니다. '십자가를 짊어진다.'는 말은 체념이나 포기가 아니라 내면의 평화를 선택하는 것, 즉 하느님께서 주신 자신의 삶에 동의한다는 의미입니다.

이모는 자신의 운명이 십자가라고 믿었습니다. 그 십자가를 직접 선택한 것은 아니지만, 십자가를 마주했을 때 이모는 그것을 도전으로 받아들였습니다. 그리고 그로 말미암아 이모는 한층 더 성숙해졌습니다.

많은 아픔과 슬픔을 겪었지만, 그럼에도 이모는 자신의 삶에 만족했고, 이러한 만족감이 이모를 밝고 활기차게 만들어주었습니다. 이모는 삶에 대한 강한 긍정 에너지를 발산했기 때문에, 주위 사람들은 이모와 이야기하는 것을 아주 좋아했습니다.

제 어머니 역시 그랬습니다. 어머니는 생을 마감하기 전 25년 동안 시력이 정상인의 3퍼센트에 불과했습니다. 어머니는 61세에 아버지를 먼저 떠나보냈습니다. 하지만 어머니에게서는 항상 기쁨과 충만함이 풍겨 나왔습니다. 어머니는 삶을 있는 그대로 받아들였습니다. 사람들이 어머니에게 어떻게 지내시냐고 물으면 어머니는 항상 "좋아요, 아주 좋아. 만족스러워요."라고 대답했습니다.

어머니는 자신을 찾아온 질병도 순순히 받아들이고 그 상황에서 최선을 다했습니다. 어머니는 눈이 잘 안 보이셨지만, 사람들과 이야기하는 것을 좋아했고, 당신께서 다른 사람들에게 삶의 용기를 선사할 수 있다는 사실에 매우 기뻐했습니다.

저는 제 어머니처럼 늙고 병들어, 자신의 약점과 한계를 만천하에 드러내야 함에도 불구하고, 인생을 낙관하며 즐겁게 사는 노인들을 많이 보았습니다. 그분들은 한계와 약점에 집착하지 않았습니다. 그보다는 자신이 아직 할 수 있는 것, 자신에게 허락된 것이 무엇인지를 찾고 거기에 집중했습니다. 긴 세월 동안 숱한 시련을 겪은 후에도 여전히 인생을 만족스러워하는 그러한 어른들은 그 존재만으로도 주변 사람들에게 축복을 전해줍니다.

물론 세상에 그런 분들이 많지는 않습니다. 오히려 항상 불평만 늘어놓는 노인들을 더 자주 마주칠 것입니다. 그들은 고독하다고 한탄합니다. 하느님께도, 사람들에게도 버림받았다고 생각합니다. 우리는 이러한 사람들을 마주치면 그의 불안, 비관, 슬픔이 전염될까 봐 본능적으로 한 걸음 뒤로 물러납니다.

현재의 인생을 만족스러워하는 노인들도 대화할 때 종종 자신의 기구한 인생사에 대해 이야기합니다. 그들은 전쟁과 추방, 실향, 피난, 가난 등 많은 고통을 겪었습니다. 그럼에도 불구하고 그들은 다른 사람을 원망하지 않고, 자신의 삶을 있는 그대로 받아들이고 남들에게도 편안하게 과거의 고통을 이야기합니다. 고되고 쓰라린 삶이었지만 자신이 그 모든 것을 잘 견뎌냈다는 사실을 자랑스럽게 생각합니다.

그분들은 현재 삶에 만족하고, 지금 이렇게 살아 있다는 사실에 고마워합니다. 건강한 몸과 편안한 집, 사랑하는 가족이 있다는 사실 하나하나를 기뻐합니다. 그래서 더더욱 친구, 자녀, 손자들과 함께 보내는 시간을 소중하게 생각합니다.

가족이 없는 독거노인들도 다르지 않습니다. 그분들도 삶에 만족한다고 종종 저에게 이야기합니다. 그들은 가정을 꾸리기 원했지만 그렇게 하지 못했습니다. 하지만 자신이 비참하다고 생각하지 않으며, 있는 그대로의 삶에 만족합니다. 그들은 성당에서 집과 같은 편안함을 느끼고, 다른 사람들을 돕는 일에 적극적으로 나섭니다. 남의 도움 없이 비교적 잘 지내고 있다는 사실에, 병원이나 양로원에 있는 사람들보다 더 잘 지내고 있다는 사실에 순수하게 기뻐하고 감사합니다.

삶에 대한 만족은 어디에서 올까요? 무엇을 경험했는지가 아니라 그 경험을 어떻게 바라보고 해석하는지에 달려 있습니다. 그리고 지나간 시간들, 거쳐 온 삶을 어떻게 바라볼지, 이를테면 비참하게 바라볼지 아니면 감사한 마음으로 바라볼지는 누구도 아닌 우리 자신이 결정합니다.

우리는 과거를 바꿀 수 없습니다. 하지만 지나간 삶과 현재 처한 상황을 어떻게 바라볼지는 결정할 수 있습니다. 만족스러운 눈으로 과거와 현재의 삶을 바라보는 사람은, 항상 불평하고 한탄하면서 운명을 원망하는 사람들과 전혀 다른 세상을 경험합니다.

매사에 만족하는 사람은
자신의 삶에도 만족합니다.
물론 그 역시 기대만큼
일이 잘 풀리지 않을 때도 있고,
종종 어려움을 겪기도 합니다.
하지만 재빨리 그 상황을 받아들이고,
거기에서 긍정적인 측면을 발견합니다.
그래서 이렇게 말할 수 있습니다.
"나는 삶이 만족스러워. 나는 건강해.
나에게는 사랑하는 가족이 있어.
나에게는 즐겁게 일할 수 있는
직업과 직장이 있어.
나는 나를 지탱해주는 신앙에 감사해."

13장

이 세상에서
당신이 맡은 배역은
무엇입니까?

어떻게 하면 우리가 만족을 얻을 수 있을까요? 이미 여러 번 이야기했습니다. 앞서 이야기했듯이 '만족하다zu-frieden'라는 단어에는 우리가 '평화frieden'를 향해 나아가는 존재이고, 우리를 평화로 이끌어주는 길이 있다는 의미가 담겨 있습니다. 그래서 저는 이제부터 우리를 만족으로 이끌어주는 여러 수단에 대해 좀 더 자세히 살펴보고자 합니다.

일단, 크게 3가지로 나눠볼 수 있습니다. 첫째는 그리스의 스토아 학파가 제시한 것과 같은 철학적 수단이고, 둘째는 심리적 수단, 셋째는 영적 수단입니다. 물론 이 3가지는 서로 연관되어 있습니다.

이번 장에서는 첫 번째인 철학적 수단을 알아보겠습니다. 스토아 철학은 기원전 300년경에 키프로스Cyprus의 키티온Kition 출신의 제논Zenon에 의해 창시되었습니다. 스토아 철학에서는 세계를 규명하는 것뿐만 아니라, 인간의 올바른 행동, 내면의 행복과 만족에 이르는 길을 찾는 것을 중요하게 여겼습니다.

《신약 성경》을 보면 바울이 스토아 철학을 알고 있었다는 사실을 확인할 수 있습니다. 바울은 소위 미덕과 악덕의 목록에서 종종 스토아 철학자들을 인용하고 있습니다. 루카는 〈사도행전〉에서 바울이 스토아 철학자들과 토론을 했다고 이야기합니다.

바울은 아레오 파고스Arios pagos 언덕에서 연설할 때 스토아 철학의 사상을 거론합니다. 그중에는 하느님께서 인간들이 만든 신전에 사는 것이 아니라 온 세상에 스며들어 있다는 사상이 있습니다.

"여러분의 시인 가운데 몇 사람이 '우리도 그분의 자녀다.' 하고 말하였듯이, 우리는 그분 안에서 살고 움직이며 존재합니다."(사도 17, 28)와 같은 구절을 스토아 철학자들에게서도 발견할 수 있습니다.

로마인들은 스토아 철학에 특별한 관심을 가지고 있었습니다. 특히 세네카Seneca와 황제이자 철학자인 마르쿠스 아우렐리우스Marcus Aurelius를 거론할 수 있습니다. 스토아 철학을 대표하는 주요 인물은 노예 출신의 에픽테토스Epictetus입니다.

에픽테토스는 기원후 50년경 프리지아Phrygia에서 태어났으며 노예 신분으로 로마에 왔습니다. 그곳에서 그는 주인으로부터 해방되어 철학을 공부하기 시작했습니다. 에픽테토스는 다리를 저는 불구였고 결혼도 하지 않았습니다. 그의 제자들이 수집한 그의 사상들은 교부敎父와 초기 수도승 사이에서 매우 사랑받았습니다. 수도승들은 그를 '철학의 그리스도'라고 생각할 정도였습니다.

저는 여기서 만족을 얻는 방법에 대한 그의 사상 몇 가지를 설명하고자 합니다. 거기서 우리는 그리스도의 말씀과 유사한 내용들을 발견할 수 있습니다.

에픽테토스 사상의 핵심은 우리에게 달려 있는 것과 그렇지 않은 것을 구분하는 데서 시작합니다. 예를 들어 우리의 생각과 느낌은 우리 자신에게 달려 있습니다. 반면 벼락이나 가뭄처럼 자연에서 우리가 마주치는 외적인 것, 혹은 우리 주변 사람들의 행동방식은 우리가 어찌해볼 수 없는 것들입니다.

우리가 자주 범하는 가장 큰 실수는, 우리가 어찌해볼 수 없는 것들, 그러니까 우리에게 달려 있지 않은 것들 주위를 끊임없이 맴도는 것입니다. 에픽테토스는 이렇게 말하고 있습니다.

"그대가 본성적으로 자유롭지 않은 것을 자유로운 것이라 생각하고, 다른 것에 속하는 것들을 그대 자신의 것으로 생각한다면, 그대는 불쾌감을 느낄 것이며, 흥분과 슬픔에 빠질 것이며, 신과 모든 인간들을 원망하게 될 것이다.

하지만 그대가 그대의 것만을 자신의 것으로 생각하고, 다른 사람의 것은 다른 사람의 것으로 생각한다면 그 누구도 그대에게 강요하지 않을 것이고, 그 누구도 그대를 방해하지 않을 것이며, 그대는 그 누구도 비난하지 않을 것이고, 그 어떤 사람도 힐난하지 않을 것이며, 자의에 반하는 일은 결코 행하지 않을 것이다. 그대에게는 아무런 적敵도 없으니 그 누구도 그대에게 해를 입히지 않을 것이다."

또한 에픽테토스는 어떤 사건이나 상황, 그리고 그것에 관한 우리의 생각을 구분하는 것도 중요하다고 말합니다.

"상황 자체가 인간을 불안하게 만드는 것이 아니라 그 상황에 대한 생각이 우리를 불안하게 만든다. 이를테면 죽음 자체는 두려운 것이 아니다. 그렇지 않다면 소크라테스도 죽음을 두려워했을 것이다. '죽음은 두려운 것'이라는 생각, 바로 그 생각 때문에 죽음이 두려운 것이다. 그러므로 우리가 불행한 느낌이 들거나 불안하거나 슬플 때, 그 원인을 다른 데서 찾으려 하지 말고 우리 자신 안에서, 다시 말해 우리의 생각 속에서 찾아야 한다."

만족이라는 주제에 대해서도 '우리의 생각을 구분하는 것'은 중요합니다. 자신의 삶에 대해 현실과 동떨어진 생각을 가지고 있다면, 그는 삶에 불만을 가질 수밖에 없습니다. 그렇기 때문에 에픽테토스는 우리에게 이렇게 요구합니다.

"세상 모든 일이 그대가 바라는 대로 이루어지기를 기대하지 말고, '이루어진 그대로'에 만족하라. 그러면 그대는 평온한 삶을 살게 될 것이다."

물론 이러한 에픽테토스의 글들이 가끔은 지나치게 이성적으로 들리기도 합니다. 마치 감정을 무시한 것처럼 들리지요. 에픽테토스는 이성의 힘을 믿었습니다. 그의 사상들이 매우 이성적일지라도 그 안에는 일종의 도전이 내재되어 있습니다. 우리가 아닌, 하느님께서 결정한 연극무대에서 우리 모두가 하나의 배역을 맡아야 한다는 것입니다.

그런데 우리는 자신의 배역을 직접 고를 수가 없습니다. 단지 우리의 임무는 우리에게 지정된 배역을 훌륭하게 수행해내는 것입니다. 그것이 통치자의 배역이든, 장애를 가진 사람의 배역이든 말입니다. 앞에서 말했지만, 에픽테토스도 몸이 불편한 역할을 맡은 사람이었습니다.

그가 우리를 다치게 하는 게 아닙니다. 그에 대해 우리가 가지고 있는 생각이 우리를 다치게 합니다. 이것은 예수님의 말씀과 비슷한 결론으로 이어집니다.

"그대를 헐뜯고 그대를 때리는 사람이 그대를 괴롭히는 것이 아니라, 그들이 그대를 괴롭혔다는 생각이 그대를 괴롭히는 것이다."

이는 예수님이 원수에게 어떤 마음가짐을 가져야 하는지에 대해 말씀하신 산상수훈의 내용과 유사합니다. 적대심은 언제나 내가 적에 대해 가지고 있는 생각에서 생겨납니다. 적은 자기 자신을 온전히 받아들이지 못하며 자신에게 없는 것을 우리에게서 얻으려고 합니다.

이러한 생각을 가만히 들여다보면 내가 적이라고 생각했던 상대방은 나의 적이 아니라 그저 마음이 분열된 사람이고 치유가 필요한 사람입니다. 예수님께서는 "누가 네 오른쪽 뺨을 치거든 왼쪽 뺨마저 돌려 대어라."라고 말씀하셨습니다.

우리 자신의 생각과 판단에 대해 좀 더 깊이 생각해본다면, 이 말씀을 이해할 수 있습니다. 예수님의 시대에는 손등으로 뺨을 때렸습니다. 손등으로 뺨을 때리는 것은 폭력 행위라기보다는 모욕을 주려는 행위였습니다. 다시 말해 상대를 업신여기는 행위였죠.

내가 스스로를 업신여기지 않고 품위를 지킨다면, 상대방이 나에 대해 갖고 있는 생각이 무엇이든, 그것 때문에 불안에 떨거나 초조함에 빠지지 않습니다. 상대방이 나의 다른 쪽 뺨마저 때린다 해도 괜찮습니다. 그가 나를 업신여기고 깎아내려도, 아무리 내게 그렇게 상처주는 말을 퍼붓는다 해도 나의 자존감은 사라지지 않습니다.

초기 수도승들은 매일 죽음을 생각하면 매 순간 의식적으로 살 수 있다고 생각했습니다. 그 수도승들처럼 에픽테토스 역시 우리가 매일 죽음을 생각해야 한다고 경고합니다.

"그러면 그대는 비참한 생각과 과도한 욕망으로부터 스스로를 지킬 수 있다."

한편 에픽테토스는 죽음에 대한 생각이 비참한 생각들로부터 우리를 해방시켜준다고 말했습니다. 죽음을 생각하면서 살면 우리의 삶을 있는 그대로 바라보고, 커다란 역사적 맥락 속에서 자신의 삶을 성찰하게 됩니다. 삶은 제한적이고 우리는 한계가 있는 존재입니다. 이러한 제한적인 삶을 긍정적으로 받아들여야 합니다. 그러면 우리의 삶이 다른 사람들에게 하나의 축복이 될 것입니다.

또한 에픽테토스는 우리가 신에 대해 올바른 생각을 가져야 한다고 호소합니다.

"우리는 신이 정말로 존재하고 세상을 훌륭히 다스리고

있다는 사실을 믿어야 한다. 신에게 복종하며, 그대의 운명이 신의 지혜로운 결정에서 나온 것이라는 확신을 가져야 한다. 그리고 운명을 기꺼이 받아들이는 데 익숙해져야 한다. 그러면 그대는 신을 원망하거나 비난할 일이 결코 없을 것이다."

주기도문에서 "아버지의 뜻이 하늘에서와 같이 땅에서도 이루어지소서."라는 구절은 하느님의 뜻을 받아들이는 이러한 마음가짐과 일치합니다. 하느님의 뜻을 받아들이면 우리는 자신의 삶에 만족하게 됩니다. 물론 만족하는 삶에 이르기까지 온갖 반대와 절망, 분노, 슬픔의 감정들이 앞을 가로막을 것입니다. 하지만 에픽테토스가 말한 것처럼 우리의 생각과 사고를 능가하는 하느님의 지혜로움을 항상 생각해야 합니다. 그리고 모든 것이 하느님의 지혜로움에서 생겨난다는 사실을 믿어야 합니다. 그러면 우리는 지금 존재하는 모든 것에 만족할 수 있습니다.

물론 에픽테토스도 우리에게 닥치는 역경 속에서 하느

님의 지혜로움을 알아차린다는 것이 쉽지 않다는 사실을 알고 있습니다. 이것은 우리가 견뎌내야 하는 과정입니다. 이 세상의 모든 것이 우리가 종종 이해하지 못하는 고차원적인 지혜에서 생겨난다는 믿음을 가져야 합니다. 그런 믿음을 가진 사람이야말로 만족스러운 삶을 위해 끊임없이 노력할 수 있습니다.

자신을 부정하고 미워하는 사람은 결국 스스로를 해치고 맙니다. 자신을 부정한다는 것은 스스로를 감옥에 가두는 것과 같습니다. 에픽테토스는 이렇게 묻습니다.

"그 감옥은 어떤 곳인가? 지금 갇혀 있는 곳이 바로 감옥이다. 그대 자신의 의지에 반해서 갇혀 있기 때문이다. 자신의 의지에 반하는 곳, 그곳이 감옥이다. 예를 들어 소크라테스가 있던 곳은 감옥이 아니었다. 왜냐하면 그는 자신의 의지에 따라 그곳에 있었기 때문이다."

앞에서 말했듯이 에픽테토스는 절름발이였습니다. 하지만 그는 "내가 왜 이렇게 다리를 절어야만 하는가?"라는 질문을 하지 않았습니다. 에픽테토스는 그렇게 묻는 사람에게 다음과 같이 대답했습니다.

"편협한 마음을 가진 그대여, 이런 가련한 발 때문에 그대는 우주를 비난하고 있는가? 그러한 다리를 전체의 관점에서 봐야 하지 않겠는가? 불평은 그만두고 그런 다리를 그대에게 준 사람에게 원망이 아닌 기쁜 마음을 되돌려주는 것이 어떻겠는가?"

에픽테토스의 이러한 생각은 너무 가혹하게 들립니다. 하지만 그 생각 속에는 자기 자신과 자신의 삶을 하느님의 관점에서 혹은 에픽테토스가 표현한 것처럼 우주 전체의 관점에서 고찰해야 하는 도전과제가 담겨 있습니다.

우리는 이 광대한 우주의 아주 작은 일부분입니다. 우리가 우리 자신을 우주의 일부라고 간주하면 삶을 향한 우리의 바람과 기대 역시 상대적인 것으로 바라볼 수 있습니다. 에픽테토스는 세상 모든 것이 서로 긴밀한 관계를 맺고 있다고 생각했습니다. 그렇기 때문에 우리는 결코 혼자가 아니며, 언제나 우주와 하나가 되고, 궁극적으로는 하느님과도 하나가 됩니다.

"그렇기 때문에 그대들이 문을 닫은 채 집 안을 컴컴하게 해놓고서 '나는 혼자다!'라고 말해서는 결코 안 된다. 그대들은 혼자가 아니며, 하느님께서 그대들의 마음속에 있기 때문이다."

이러한 에픽테토스의 사상은 가끔씩 저에게도 지나치게 이성적으로 느껴지지만, 저는 그 속에서 제 삶을 긍정적으로 바라봐야 한다는 도전과제를 찾았습니다. 에픽테토스의 사상은 어떻게 하면 우리가 자신의 운명에 만족할 수 있는지 그 방법을 제시해주고 있습니다. 대부분의 사람들이 자신의 운명에 끊임없이 의문을 품고 살아갑니다. 하지만 그래서는 안 됩니다. 운명을 있는 그대로 받아들여야 합니다. 우리는 전체의 일부분이니까요.

그리고 우리가 자신의 삶을 긍정하면 그 영향력은 우주 전체로 퍼져나갑니다. 우리가 건강한 신체를 가졌든, 아픈 신체를 가졌든, 특출한 재능을 가졌든, 한계와 약점 때문에 괴롭든…, 이 모든 것은 우리가 선택한 것이 아닙니다. 우리가 우리의 삶을 있는 그대로 받아들이고 만족하면, 우리에게서 평온함이 발산됩니다. 그리고 그 평온함은 세상으로 퍼져나갑니다.

그렇게 되면 결국 우리는 이 세상을 더 좋은 곳으로 바꾸는 데 한몫하게 됩니다. 종교적으로 표현하자면, 예수 그리스도의 영이 우리를 관통하여 이 세상으로 퍼지면서 점점 더 많은 사람들이 그리스도를 따르는 세상으로 바뀌게 됩니다.

내가 나 자신을 업신여기지 않고
품위를 지킨다면,
상대방이 나에 대해 갖고 있는
생각이 무엇이든,
그것 때문에 불안에 떨거나
초조함에 빠지지 않습니다.
상대방이 나의 다른 쪽 뺨마저 때린다 해도
괜찮습니다.
그가 나를 업신여기고 깎아내려도,
아무리 내게 그렇게 상처주는 말을
퍼붓는다 해도
나의 자존감은 사라지지 않습니다.

14장

마음속 그림자와
화해하기

스토아 철학이 내면의 만족을 위한 수단으로서 제시한 몇 가지 내용은, 오늘날 심리학이 우리에게 말해주는 것과 매우 닮아 있습니다. 이번 장에서는 우리를 만족으로 이끌어 주는 몇 가지 심리학적 아이디어들을 살펴보고자 합니다.

우리는 살면서 여러 가지 상황이나 사건과 마주칩니다. 그런데 우리는 그에 대해 현실과 동떨어진 관념들을 가집니다. 이는 여러 심리학 학파들의 중요한 연구주제가 되었습니다. 카를 구스타프 융은 이러한 관념들을 '환상'과 관련지었습니다.

융은 인간을 항상 양극적으로 구조화된 존재라고 보았

습니다. 다시 말해 우리의 마음속에 서로 상반되는 양극이 존재한다는 것입니다. 이를테면 사랑과 공격성, 이성과 감정, 신뢰감과 불안감, 믿음과 불신, 질서와 무질서 같은 양극이 대립하고 있습니다.

스스로에 대해 만들어놓은 이상형에 매달릴 경우, 이제껏 의식하지 못했던 대극이 마음속 그림자로 들어가게 됩니다. 이 마음속의 그림자는 우리에게 파괴적인 영향력을 미칩니다. 이 그림자가 마음속에서 튀어나와 우리의 약점을 외부에 폭로할 거라는 불안감에 휘둘리기 때문입니다. 끊임없이 걱정하고 두려워하게 되죠.

때문에 진정한 내면의 만족에 이르기 위해서는 우리의 어두운 면, 즉 마음속 그림자도 겸허하게 받아들이는 것이 중요합니다. 그러면 마음의 평정을 얻게 됩니다. 반대로 그림자를 숨기고 억누르면 언젠가 폭발할지 모르는 화약통 위에 앉아 있는 것처럼 불안하고 초조합니다. 융은 자신의 그림자를 거부하지 말고 받아들여야 한다고 조언합니다.

이러한 융의 설명은 종교적인 개념과 거의 흡사합니다.

융은 자신의 어두운 그림자, 자신의 우울한 인생사를 받아들이는 사람들을 다음과 같이 묘사합니다.

"그는 본연의 자신으로 돌아가 스스로를 받아들일 수 있었고, 자신과 화해하게 되었으며, 나아가 그가 경험했던 불행한 상황, 사건들과도 화해했다."

이 말을 다음과 같이 표현할 수 있습니다.

"그는 신과 화해했으며, 신의 의지에 복종함으로써 자신의 의지를 버렸다."

자신과의 화해는 자신의 그림자뿐만 자신의 인생사를 온전히 받아들이는 것과도 관계가 있습니다. 융은 이렇게 말합니다. 어린 시절이 어땠는지, 그 시기에 어떤 상처를 경험했는지가 중요한 것이 아니라, 이러한 구체적인 자신의 개인사와 화해하는 것이 우리의 숙제라고 말입니다.

그렇게 되면 내면의 상처들은 진정한 자기 자신을 찾기 위한 기회가 될 수 있습니다. 성녀 힐데가르트 폰 빙엔Hildegard von Bingen이 말한 것처럼 상처가 진주로 바뀔 수도 있습니다. 상처로 인해 자신의 진정한 능력에 닿는 경우도 있으니까요. 그렇게 되면 이제 더 이상 과거를 원망하지 않고 자신의 인생과 평화롭게 화해합니다. 그리고 지금 있는 그대로의 나의 삶을 만족스럽게 바라볼 수 있습니다. 과거에 일어난 모든 일이 현재의 나를 만들었다는 사실을 완전히 받아들이고, 자신의 과거에 감사함을 느끼기 때문입니다.

인지행동치료는 만족에 이르는 또 다른 수단을 제안합니다. 인지행동치료는 우리가 어떤 사건이나 상황을 어떻게 바라보는지, 자기 자신과 과거의 경험을 어떻게 판단하는지에 따라 우리의 안위가 좌우된다는 기본적인 가정에서 출발합니다. 이는 에픽테토스의 사상과 유사합니다.

사람들은 자신의 삶을 자기만의 특정한 방식으로 평가하기 때문에 만족하지 못합니다. 이를테면 자기 자신을 실패자, 겁쟁이, 나약한 사람, 갈등을 못 견디는 사람, 인간관계가 서툰 사람 등으로 평가합니다. 그러고는 사실과 상관없이 정말로 그렇다고 생각합니다. 이렇게 잘못 판단하는 이유가 무엇일까요?

자신에 대해서 객관적인 관점을 갖지 못하기 때문입니다. 실제의 모습을 정확히 보려 하기보다는 단점을 지나치게 과장해서 생각합니다. 또한 "나는 누구에게나 사랑받아야 해. 나는 언제 어디서나 완벽해야 해."와 같은 이상적인 모습을 정해놓고 자신에게 강요합니다. 세상 모든 이에게 사랑받는 사람, 결점이 전혀 없는 완벽한 사람이 과연 존재할까요?

그렇다면 내가 원하는 내 모습 말고 진짜 내 모습은 어디로 간 걸까요? 자신의 실제 모습을 제대로 보지 못하고 세상의 판단, 남들의 시선만 의식한 그릇된 관점을 버려야 합니다. 그러면 우리는 이제까지와는 다른 것을 경험할 수 있고, 진정한 마음의 평화도 찾을 수 있습니다.

또한 우리는 스스로를 잘못 판단하는 것처럼 다른 사람들에 대해서도 그릇된 판단을 할 수 있습니다. 누군가가 나보다 잘났다고 혹은 나에게 적대심을 품고 있다고 해서, 나는 그를 위선자라고, 라이벌이라고 판단합니다. 그렇게 판단하면 나는 그를 볼 때마다 정말로 그런 것처럼 반응합니다. 내가 그에 대해 어떻게 느끼는지는, 이미 내 마음속에 그려놓은 그에 대한 이미지에 달려 있습니다.

인지행동치료는 바로 그 점에 주목했습니다. 인지행동치료의 중요한 형식 중 하나가 바로 우리 스스로가 마음속에 그려놓은 이러한 이미지를 뚜렷하게 자각하고, 그것을 좀 더 객관적이고 현실적인 이미지로 바꾸는 것입니다.

심층심리학자들은 만족에 이르는 또 다른 수단을 제안합니다. 불만의 원인을 찾는 것입니다. 우리가 어릴 적에 겪었던 여러 가지 경험 중에는 기쁘고 즐거운 것도 있지만 고통스러운 것도 종종 있습니다. 부모나 가족에게 거부당한 느낌, 원치 않는 이미지를 덮어쓴 느낌, 솔직하게 표현하면 안 되는 상황들도 있었을 것입니다. 어쩌면 선생님이나 부모님이 나에게 더 성공해야 한다, 더 잘해야 한다며 끊임없이 채근했을 수도 있습니다.

제 경우를 말씀드리자면, 저는 부모님의 기대에 미치지 못했을 뿐만 아니라 나중에는 그러한 기대를 아예 거부했습니다. 이러한 어린 시절의 모든 경험들은 아직도 제 마음속에서 지속적인 영향력을 발휘하고 있습니다. 그런데 종종 이러한 경험들은 지금의 나 자신에게 불만을 품게 하는 원인이 되기도 합니다.

거부당하고, 자책하고, 강요받았던 과거의 기억을 떠올리면 괴롭습니다. 그런데 여기서 중요한 것은 이러한 경험들을 단순히 떠올리기만 하는 것이 아니라, 그때의 고통을 다시 체험하고 마음속에 떠오르는 증오를 다시 한 번 느끼는 것입니다.

이러한 부정적인 감정들을 뚫고 나아갈 경우, 우리는 이것을 토대로 전혀 다른 감정들을 발견할 수 있습니다. 증오를 뚫고 나온 사랑이 보이고, 고통 속에서 핀 내면의 평화가 느껴집니다. 이러한 과정을 수행할 때는 여러분과 함께 이 모든 경험을 들여다보고 헤쳐 나갈 수 있는 치료사의 도움을 받는 것이 좋습니다. 그러면 자기 지각이 서서히 바뀌면서 우리 자신과 평화롭게 화해할 수 있습니다.

이탈리아의 정신과의사이자 심리학자인 로베르토 아사지올리Roberto Assagioli는 '정신통합Psychosynthesis' 이론의 창시자로도 유명합니다. 그는 내면의 평화에 이르는 또 다른 수단으로 '탈동일화Dis-Identification'라는 방법을 제안했습니다. 앞에서 말한 자신의 삶과의 화해도 물론 중요하지만, 한편에서는 탈동일화라는 방법도 쓸 수 있다는 것입니다.

탈동일화는 밖에서 안으로, 즉 외적 경험에서 내면의 감정으로 이어지는 방법입니다. 아사지올리는 인간의 내면을 '영적 자기'라고 불렀는데, 탈동일화 방법은 다음과 같이 작동합니다.

먼저 내 마음속에 짜증이 일어나는 것을 확인합니다. 그리고 짜증을 그대로 허용합니다. 이제 나의 내면으로 들어가 짜증을 관찰하는 내면의 자아를 봅니다. 아사지올리는 이 내면의 자아를 '남의 눈에 띄지 않는 관찰자'라고 말합니다. 짜증을 관찰하는 이 내면의 자아는 짜증 바이러스에 감염되지 않은 상태입니다. 이제 나는 나 자신에게 이렇게 말합니다.

"나는 짜증이 나. 하지만 나는 나의 짜증이 아니야. 나는 문제가 있어. 하지만 나는 그 문제가 아니야. 나는 불안해. 하지만 나는 나의 불안이 아니야."

말하자면 어떤 감정이나 문제를 밀쳐내지 않은 상태에서, 그 감정 혹은 문제로부터 거리를 두는 것입니다. 감정이나 문제로부터 멀어진 상태에서 내면으로 들어갑니다. 또 다른 실존심리치료학자인 제임스 부겐탈James Bugental이 '내적 고향'이라고 부른 그곳에서, 나는 나 자신과 조화를 이루고 나아가 신과 조화를 이룹니다. 그곳에서는 내 삶의 외적 요인에 대한 불만 때문에 불쾌함을 느끼는 일이 없습니다. 그곳에서 나는 내면의 깊은 평화와 자유를 느낍니다.

내가 원하는 내 모습 말고

진짜 내 모습은 어디로 간 걸까요?

자신의 실제 모습을 제대로 보지 못하고

세상의 판단, 남들의 시선만 의식한

그릇된 관점을 버려야 합니다.

그러면 이제까지와는

다른 것을 경험할 수 있고,

진정한 마음의 평화도 찾을 수 있습니다.

15장

신은 당신을
만족스럽게 지으셨습니다

아사지올리에게서 나타나듯이 '트랜스퍼스널 심리학 Tran-
spersonal Psychology'에는 이미 영적 수단이 잠재되어 있습니
다. 저는 영성 지도자로서 제 경험을 토대로 우리를 만족
으로 이끌어주는 영적 수단의 몇 가지 다른 측면을 이야기
하고자 합니다.

많은 사람들은 자기 자신에 대해 불만을 가지고 있습니
다. 자신이 완벽해야 한다거나, 모든 단점을 극복하고, 절
대 실수해서는 안 된다는 생각을 가지고 있기 때문이지요.
또 어떤 사람들은 자신이 항상 죄를 달고 사는 죄인이라고
생각합니다. 일종의 양심의 가책을 느끼는 것입니다.

이처럼 끊임없이 자신을 책망하고 미워하면서 살면 내면의 평화를 얻을 수 있을까요? 당연히 그럴 수 없습니다. 그런데 왜 이렇게 자신을 미워하고 비난할까요? 왜 이러한 양심의 가책을 계속 짊어지고 사는 걸까요? 종교적인 이유, 신앙심 때문에 그러는 사람들도 있습니다.

신앙에는 반드시 도덕적인 요구가 따릅니다. 하지만 신앙심이 깊은 사람이 무조건 도덕적으로 완벽한 사람이 되어야 하는 것은 아닙니다. 그 점을 혼동하면 '나는 신앙인이니까 도덕적으로도 완벽해야 해.' 하는 압박감을 가지고 스스로를 끊임없이 괴롭힙니다. 신앙을 가진 사람으로서 도덕적으로 올바르게 살아가려고 노력하는 것은 어쩌면 너무나 당연하고 바람직한 일이지만, 자신을 미워하고 괴롭히면서까지 완벽을 추구하는 것이 과연 옳을까요?

그런데 이러한 압박감의 이면에는 '하느님의 의지'가 아니라 '자신의 초자아'가 존재하는 경우가 많습니다. 우리는 하느님께서 우리가 완벽해지기를, 실수하지 않기를 원하신다고 생각하지만, 사실은 다른 사람들 앞에서 잘 보이려는 초자아의 공명심 때문입니다.

과도한 도덕성을 요구하는 이런 부담스러운 영성이 아니라, 예수님께서 우리에게 가르친 영성을 키워야 합니다. 예수님은 자비로움이야말로 신앙인들이 지녀야 하는 가장 중요한 태도라고 생각했습니다. 예수님은 바리새인들에게 이렇게 조언합니다.

"너희는 가서 '내가 바라는 것은 희생 제물이 아니라 자비다.' 하신 말씀이 무슨 뜻인지 배워라. 사실 나는 의인이 아니라 죄인을 부르러 왔다."(마태 9, 13)

예수님은 바리새인들에게 이렇게 말합니다.

"집으로 가서 책상에 앉아 하느님께서 우리에게서 요구하는 가장 중요한 교훈이 무엇인지 배우라. 그것은 업적도, 희생도 아닌 자비로움이니라."

내가 나 자신을 자비롭게 대한다면 내면의 평화를 찾을 수 있습니다. 그러면 내가 실수를 한다 해도 나 자신을 미워하거나 책망하지 않습니다. 부족한 점이 많아도 그런 나에게 스스로 만족합니다. 왜냐하면 나는 비난하는 마음이 아니라 자비로운 마음을 가지고 반응하기 때문입니다. 다르게 말하면 비난하는 이성이 아니라 공감하는 마음을 가지고 반응합니다.

여러분은 자신에 대해 어떤 이미지를 마음속에 그리고 있나요? 어떤 경우는 그 이미지 때문에 스스로에게 불만을 갖기도 합니다. 대부분의 사람들은 자신이 항상 완벽해야 하고, 성공해야 하고, 침착해야 하고, 잘 적응해야 하고, 용감해야 한다고 생각합니다. 이것이 바로 마음속에 그린 자기 이미지입니다.

자기를 비하하는 이미지를 마음속에 가진 사람도 많습니다. 이를테면 '나는 틀렸어.', '나는 한심해.', '나 같은 사람을 누가 받아주겠어?', '내가 하는 일이 다 그렇지.' 하고 생각합니다. 하지만 이처럼 자신을 과대평가하거나 비하하는 이미지가 아니라, 하느님께서 우리에게 만들어준 이미지를 세우는 것이 좋습니다.

하느님은 모든 사람에게 각각의 유일한 이미지를 만들어

주셨습니다. 우리가 이러한 이미지를 정확하게 묘사할 수는 없습니다. 하지만 자기 자신과 조화를 이룰 때 이러한 이미지에 가까워진다는 사실은 믿어도 좋습니다. 하느님께서 우리 각자에 대해 만들어주신 이러한 이미지는, 부족하고 이기적인 사람의 이미지가 아닙니다. 하느님의 존재와 하느님의 사랑이 이 세상에서 빛을 발하게 하는 이미지입니다. 말하자면 긍정적인 자기상입니다.

이러한 긍정적인 자기상은 세례를 받을 때 분명하게 만들어집니다. 세례를 받을 때 하느님은 우리에게 이렇게 말씀하십니다.

"너는 내가 사랑하는 아들, 딸이니 내 마음에 드는 아들, 딸이다."

이 말에는 무조건적인 사랑이 담겨 있습니다. 하느님께서는 우리에게 무조건적인 사랑을 주십니다. 그 사랑은 어떤 업적이나 선행을 대가로 지불해야만 얻을 수 있는 그런 종류의 사랑이 아닙니다.

가톨릭 목회심리학자 카를 프릴링스도르프Karl Frielings-
dorf는 이런 이야기를 했습니다. 만약 아이가 조건부로만
자신이 받아들여지는 경험을 할 경우, 이를테면 자신이 뭔
가를 이루거나 성공했을 때 혹은 착하게 굴고 말을 잘 들
을 때만 사랑받는다고 느끼면, 아이는 나름의 생존전략을
개발한다고 합니다. 아이는 양육자에게 잘 보이기 위해서
점점 더 많은 것을 이루려고 안간힘을 씁니다. 또한 자신의
솔직한 생각을 말하지 못하고, 남들에게 사랑받기 위한 말
만 합니다.

어른도 마찬가지입니다. 남들에게 잘 보이기 위한 말이
나 행동만 하는 사람은, 결코 자기 자신과 평화롭게 지내지
못합니다. 그들은 끊임없이 자기 자신을 좋게 내보여야 한다
는 압박감에 시달립니다. 그러다 보면 자신이 하는 일에 집
중하지 못하고, 아무리 훌륭한 성과를 내도 성에 차지 않습
니다. 남들이 어떻게 생각할까에만 전전긍긍하니까요.

프릴링스도르프는 이러한 삶의 형태는 그저 생존일 뿐,
진정한 삶이 아니라고 말합니다. 하느님께서 주신 무조건

적인 사랑은 우리가 우리 자신에게 만족하기 위한 전제조건입니다. 그렇다고 우리가 우리 자신의 인격이나 도덕성을 다듬을 필요가 없다거나 영적 변화를 꾀하지 않아도 된다는 뜻은 아닙니다.

하느님은 모든 사람에게
각각의 유일한 이미지를 만들어주셨습니다.
우리가 이러한 이미지를
정확하게 묘사할 수는 없습니다.
하지만 자기 자신과 조화를 이룰 때
이러한 이미지에 가까워진다는 사실은
믿어도 좋습니다.
이러한 이미지는,
하느님의 존재와 하느님의 사랑이
이 세상에서 빛을 발하게 하는
긍정적인 이미지입니다.

본래의 나 자신과
좀 더 가까워지도록

종교적 삶에는 기본원칙이 하나 있습니다. 내가 받아들인 것만 변화시킬 수 있다는 원칙입니다. 나 자신이 거부한 것은 나에게 그대로 남아 있습니다. 내가 사랑과 겸손의 마음으로 받아들인 것만 변화할 수 있고, 변화합니다.

우리를 내면의 평화로 이끌어주는 또 다른 영적 기본원칙이 있습니다. 바로 '변화veranderung' 대신 '변신verwandlung'이라는 원칙입니다. 많은 사람들이 현재의 자기 자신에게 만족하지 않습니다. "나는 좋은 사람이 아니야. 지금과는 완전히 다른 사람이 되어야 해. 내 삶에서 모든 것이 완전히 달라져야 해."라고 말합니다.

그들은 자기 자신에게 분노하고, 완전히 다른 사람이 되기 위해 삶의 방식이나 먹는 방식, 생각하는 방식까지도 끊임없이 '변화'시키려고 노력합니다. 하지만 '변신'은 좀 더 온화합니다. 변신은 내 안의 모든 것이 그대로 있어도 괜찮다고 말합니다. 내 존재는 아직 정해지지 않았습니다. 나는 내 안에 존재하는 모든 것을 하느님께 내밉니다. 나는 아무것도 비난하지 않고 아무것도 밀쳐내지 않습니다. 나는 하느님의 사랑이 내 안의 모든 것을 통과하고 내 안의 모든 것을 변신시킨다는 희망을 안고, 내 모든 것을 하느님께 내밉니다.

'변신'의 목적은 내가 점점 더 나 자신이 되는 것입니다. 변신의 과정은 내 안에 존재하는 것을 솔직하게 들여다보기, 하느님과 관계 맺기를 통해 이루어집니다. 저는 있는 그대로의 저와, 제 진실을 하느님께 내밉니다. 또한 제 꿈속에서 솟아오르는 것도 하느님께 내밉니다. 모든 것이 그대로 존재해도 괜찮습니다. 아무것도 밀쳐낼 필요가 없습니다.

그리고 저는 하느님의 사랑이 제 무의식의 깊은 곳까지 스며들기를, 제 안의 모든 어두운 것이 밝아지기를 바랍니다. 그리고 제 모든 실수가 하느님의 사랑으로 말미암아 올바른 방향으로 나아갈 것임을 확신합니다. 물론 제가 살고 있는 외부적 여건이나 습관을 바꾸는 것이 변신의 과정에 도움이 될 수도 있습니다. 제가 저 자신을 변신시킬 수 있도록, 좀 더 본연의 저와 가까워지도록 제 삶의 조건들을 바꾸는 것입니다.

여기서 우리가 불만을 갖게 되는 본질적인 원인이 또 하나 드러납니다. 우리가 불만을 갖는 이유는, 하느님께서 우리 각자에게 만들어주신 이미지와 자신의 야심을 혼동하기 때문입니다. 우리는 우리 자신이 완벽하기를 하느님께서 바란다고 생각합니다. 그리고 종종 "그러므로 하늘의 너희 아버지께서 완전하신 것처럼 너희도 완전한 사람이 되어야 한다."(마태 5, 48)는 예수님의 말씀을 인용합니다.

─── 16장 ───

하지만 이 구절의 번역을 좀 더 자세히 살펴보면 그리스어 '텔레이오이teleioi'는 '완벽함', '무결함', '완전함'이 아니라 '온전함'으로 번역되어야 합니다. 또한 그리스어 '에세스데esesthe'는 "너희는 완전하라."는 뜻이 아니라 "하늘에 계신 아버지처럼 너희도 온전하라."는 뜻입니다.

말하자면 이것은 우리를 부담스럽게 짓누르는 요구가 아니라 '약속'입니다. 우리도 하느님처럼 마음속의 선과 악에, 이 세상의 선한 자와 악한 자에게 우리의 선한 마음을 비춘다면, 우리는 하느님과 올바른 관계를 맺고 하느님처럼 온전하고 완전해집니다. 그렇게 되면 내적 분열이 사라집니다. 또한 모든 것, 모든 사람을 선하게 대하는 마음가짐을 통해 자신의 결함에 대한 불만이 사라지면서 내면의 평화가 생겨납니다.

제가 사람들에게 영성 지도를 할 때, 그들은 신앙심이 부족해서, 규율을 잘 지키지 않아서 스스로에게 실망스럽다고 말합니다. 다른 사람들의 비판에 여전히 민감하게 반응하는 점도 불만이라고 하죠. 그러면 저는 항상 이렇게 되묻습니다.

"당신이 채우려는 것은 스스로의 야심 아닐까요? 하느님은 당신에게 무엇을 원하시는 것 같습니까? 당신이 다른 사람들 앞에서 독실한 사람으로 보이길 하느님께서 원하실까요? 아니면 그저 당신 자신의 욕심일까요?"

신앙의 길에서 중요한 것은, 내가 나 자신에게 덮어씌우는 이미지로부터 벗어나 자유로워지고, 하느님께서 나에게서 무엇을 원하실지를 자문해보는 것이라고 생각합니다. 하느님은 여러분에게 어떤 능력을 허락하실까요?

저는 믿음이 한 사람을 어떻게 변화시키는지, 그에게 어떤 내면의 안식을 선사하는지를 침착하게 보여주고 싶습니다. 어쩌면 하느님은 제가 저 자신의 예민함을 고백하고 스스로의 약점 때문에 괴로워하는 한 인간으로서, 이 세상에 하느님의 자비로움을 보여주는 증인이 되기를 원하실 수도 있습니다.

제가 항상 반듯하게 생활하고 성실하게 예배하기를 하

느님이 원하실까요? 아니면 제가 저 자신의 약점을 자각하고 항상 하느님을 찾으면서 하느님의 자비로움에 의지하길 바라실까요? 저는 결코 완전한 존재가 될 수 없습니다. 또한 저 자신에 대해 스스로 만들어놓은 이미지에 도달할 수도 없습니다.

하지만 하느님은 이 모든 것을 통해 제가 만든 자아 이미지를 깨고, 하느님의 은밀한 사랑을 제가 더 많이 느끼기를 바라십니다. 이것은 제가 주어진 상황에 체념해도 된다거나, 그저 모든 것을 받아들이고 아무것도 개선하지 않아도 된다는 의미가 아닙니다. 발전하고 개선하려는 의욕은 절대적으로 가져야 하지만 그렇다고 해도 자신을 미워할 만큼 압박감을 느끼지는 말아야 한다는 뜻입니다. 변신의 과정에는 시행착오가 존재합니다. 하지만 시행착오를 거듭하면서 저는 하느님께서 원하시는 존재로 점점 더 다가가고 있음을 확신합니다.

많은 사람들은 자신이 결코 하느님의 의지를 만족시키

지 못할 것이라고 생각합니다. 혹은 자신의 삶의 계획들을 가로막는 어떤 낯선 의도가 하느님의 의지 속에 존재한다고 생각합니다. 바울은 〈테살로니카 신자들에게 보낸 첫째 서간〉에 이렇게 쓰고 있습니다.

"하느님의 뜻은 바로 여러분이 거룩한 사람이 되는 것입니다."(1테살 4, 3)

'거룩함'은 우리가 완벽하다는 뜻이 아닙니다. 우리가 거룩하고 온전해지며, 온전히 우리 자신이 된다는 뜻입니다. 그리스어 '하기오스hagios', 즉 '거룩함'은 세상의 어떤 힘에도 영향받지 않고 세상으로부터 떨어져 있다는 것을 뜻합니다. 말하자면 하느님의 뜻은 우리가 세상이나 세상의 잣대에 휘둘리지 않는, 하느님께서 허락한 본래의 자기 자신을 발견하는 것입니다.

우리가 아주 고요해지고 내면의 고요한 공간과 닿을 때, 우리는 이러한 하느님의 의지를 인식할 수 있습니다. 하느님의 뜻을 인식하면 우리의 영혼이 원하는 것과 하느님이 원하시는 것이 동일해집니다. 그리고 하느님의 뜻 속에서 내면의 깊은 평화를 발견하게 됩니다. 하느님의 뜻은 우리를 불안하게 하는 어떤 낯선 것이 아니라, 우리가 진정한 자기 자신을 발견하게 만드는 일종의 '격려'입니다. 우리가 진정한 자신과 맞닿을 때 내면의 평화에 이르고 만족을 느낍니다. 그러고 나면 그 어떤 외적 요인도 우리를 이러한 만족으로부터 벗어나게 만들지 못합니다.

그렇다고 '항상 만족해야 한다.'는 압박감을 가져야 한다는 뜻은 아닙니다. 인생에는 만족과 불만족이 끊임없이 교차합니다. 자신에게 불만을 느끼는 데도 긍정적인 측면이 분명히 있습니다. 자신에 대해, 신앙생활에 대해 만들어놓은 이미지에서 벗어나는 계기가 되고, 진정한 나의 존재와 하느님에 대해 끊임없이 고민할 수 있기 때문입니다.

불만족과 만족 사이의 이러한 긴장을 마음으로 받아들이면, 우리 자신과 주변 사람들은 물론이고 나아가 하느님과의 관계에서도 진정한 평화에 도달할 수 있습니다. 하지만 이는 결코 포만한 평화가 되어서는 안 됩니다. 항상 적절한 긴장감이 유지되는 평화여야 합니다.

우리는 우리 자신과 자신의 영적인 삶에 대해서, 우리에게 이롭지 못한 이미지를 끊임없이 만들고 있습니다. 이는 참으로 위험한 일입니다. 마음이 불만으로 가득 찼을 때, 스스로 이렇게 물어보십시오.

"이것이 하느님께서 나에게 원하시는 것일까, 아니면 나 자신이 원하는 것일까? 하느님께 나 자신을 바치기 위해 스스로 한계에 부딪치고 그 한계를 뛰어넘으려는 것이 나 자신의 욕심 때문은 아닐까?"

자신에 대한 불만은 진정한 내면의 평화(이러한 평화는 하느님만이 주실 수 있습니다.)에 이르도록 끊임없이 나를 독려하는 가시와 같습니다.

항상 자기중심을 잃지 않는 사람, 자신과 조화를 이루고 만족하는 사람, 침착한 사람이 되는 것도 물론 훌륭합니다. 하지만 그런 사람이 저의 이상은 아닙니다. 그런 사람이 되어야만 한다고 저 자신에게 강요하지 않습니다. 그보다는 제가 만든 제 이미지 이면에 존재하는 참된

제 모습을 하느님께서 점점 더 많이 끄집어 내주시기를
바랍니다.

"당신이 채우려는 것은
스스로의 야심 아닐까요?
하느님은 당신에게
무엇을 원하시는 것 같습니까?
중요한 것은, 내가 나 자신에게
덮어씌우는 이미지로부터 벗어나
자유로워지고,
하느님께서 나에게서 무엇을 원하시는지를
자문해보는 것이라고 생각합니다.
하느님은 여러분에게
어떤 능력을 허락하실까요?"

17장

단 하나의
햇살 속에서

최고의 만족은 무엇일까요? 바로 하느님과의 평화입니다. 하느님과 평화롭게 지내면 우리 자신과 우리의 삶에 대해 좀 더 깊이 있는 만족을 발견할 수 있습니다. '하느님과의 평화'를 설명하려면 평화의 3가지 의미, 즉 조화('에이레네'), 화해('팍스') 그리고 자유에 대해 먼저 알아보아야 합니다.

바울은 항상 다음과 같은 소망을 빌며 편지글을 쓰기 시작했습니다.

"하느님 우리 아버지와 주 예수 그리스도에게서 은총과 평화가 여러분에게 내리기를 빕니다."(1코린 1, 3. 로마 1, 7. 2코린 1, 2. 갈라 1, 3)

조화('에이레네')는 하느님으로부터 비롯됩니다. 삼위일체의 조화를 이루신 하느님은 우리가 이러한 내적 조화를 이루게 만들어줍니다. 인간은 하느님의 음성이 자기 안에서 울릴 때, 다시 말해 하느님과 인간이 하나가 될 때 비로소 본연의 자신이 됩니다. 〈에페소 신자들에게 보낸 서간〉에서는 그리스도 자신을 우리의 평화라고 말하면서 이러한 주제를 펼치고 있습니다.

"그리스도는 우리의 평화이십니다. 그분께서는 당신의 몸으로 유다인과 이민족을 하나로 만드시고 이 둘을 가르는 장벽인 적개심을 허무셨습니다."(에페 2, 14)

누구든지 마음속에 유대인과 그리스인, 독실한 신앙인과 그렇지 않은 사람이 존재합니다. 이 두 영역은 우리 안에서 종종 갈라진 채로 서로 싸웁니다. 그리스도는 자신의 죽음으로 둘 사이를 가로막았던 벽을 허물어뜨렸고, 이제 이 둘은 우리 안에서 서로 조화를 이룰 수 있습니다. 〈에페소 신자들에게 보낸 서간〉에서는 평화의 비밀에 대해 계속해서 다음과 같이 보여주었습니다.

"이렇게 그리스도께서는 세상에 오시어, 멀리 있던 여러분에게도 평화를 선포하시고 가까이 있던 이들에게도 평화를 선포하셨습니다."(에페 2, 17)

그리스도는 우리 안에 존재하는 다양한 음들이 서로 화음을 이루게 만드셨고, 멀리 있는 것과 가까이 있는 것을 우리 안에서 한데 모으셨습니다. 우리 안에 존재하는 모든 것은 이제 하느님께 나아갈 수 있으며, 모든 것이 하느님을 향해 열려 있습니다. 이로 말미암아 하느님은 우리 안에 있는 모든 것에 스며들 수 있습니다. 그렇게 되면 우리는 우리 안에 존재하는 모든 것을 바라보며 하느님의 사랑을 온전히 받아들일 수 있습니다.

평화의 또 다른 측면은 '화해'입니다. 바울은 평화의 이러한 측면을 특히 〈코린토 신자들에게 보낸 둘째 서간〉에서 보여주고 있습니다.

"곧 하느님께서는 그리스도 안에서 세상을 당신과 화해하게 하시면서, 사람들에게 그들의 잘못을 따지지 않으시고 우리에게 화해의 말씀을 맡기셨습니다. 그러므로 우리는 그리스도의 사절입니다. 하느님께서 우리를 통하여 권고하십니다. 우리는 그리스도를 대신하여 여러분에게 빕니다. 하느님과 화해하십시오."(2코린 5, 19~20)

화해는 결속을 만듭니다. 하느님과 인간의 결속은 죄로 말미암아 금이 갔습니다.

독일어 단어 '죄sunde'는 '격리하다sondern'라는 동사에서 파생되었습니다. 말하자면 죄는 우리를 하느님으로부터 격리시켰습니다. 심리학적으로 말하자면, 양심의 가책을 느끼는 사람은 다른 사람들로부터 자신이 격리되었다고 느낍니다. 그럼으로써 자기 스스로를 고립시키는 것이지요. 양심의 가책을 느끼는 사람은 하느님 앞에서 자신을 감춥니다. 하느님께 양심의 가책을 드러내지 않으려고 하기 때문이지요.

하느님은 십자가에 매달려 인간들에게 그들이 죄를 용서받았음을 몸소 보여주셨습니다. 십자가의 경험은 인간이 받는 양심의 가책을 상쇄시켜주며, 인간이 다시 하느님께 다가가고 하느님이 가까이 계심을 감사하게 생각하도록 해줍니다. 하느님은 언제나 인간들에게 열려 있었습니다. 하지만 인간은 죄로 말미암아 하느님 앞에서 자기 자신을 감추었습니다.

용서는 이러한 닫힌 문을 열어줍니다. 그러면 인간은 다시 하느님께 자신을 드러내게 되고 자신이 죄를 지었음에도 불구하고 하느님으로부터 사랑받는다는 사실을 확신합니다. 하느님과의 이러한 화해를 통해 인간은 자기 자신과도 화해하게 됩니다. 인간은 더 이상 자신의 실수를 질책하지 않고, 하느님으로부터 무조건적인 사랑을 받고 있음을 느낍니다. 그렇게 되면 자기 자신과도 평화롭게 지낼 수 있습니다.

하느님과의 평화에 대한 세 번째 측면은 '자유'입니다. 바울은 자유에 대해 특히 〈갈라티아 신자들에게 보낸 서간〉에서 다음과 같이 강조했습니다.

"그리스도께서는 우리를 자유롭게 하시려고 해방시켜 주셨습니다. 그러니 굳건히 서서 다시는 종살이의 멍에를 메지 마십시오."(갈라 5, 1)

우리가 불만을 가지는 원인 중 하나는 자기 자신과 영적인 삶에 대해 가지고 있는 자기만의 관념, 우리가 스스로 규정하는 내면의 규칙에 따라 우리 마음을 노예로 만들기 때문입니다. 우리는 우리가 성실하게 기도하고, 특정한 능력을 습득하며, 영적인 길로 반듯하게 나아가야만 하느님께서 우리를 마음에 들어 할 것이라고 생각합니다.

오늘날에는 우리를 노예로 만드는 이러한 '내면의 규칙'들이 비종교적인 방식으로도 표현됩니다. 이를테면 매일 몇 킬로미터를 조깅해야 한다, 건강해지려면 이것만 먹고 저것은 먹지 말아야 한다, 정신을 똑바로 차리고 신중을 기하는 연습을 해야 한다 등으로 말입니다. 현대인은 자신들이 직접 정한 규칙이나 미디어가 부추기는 규칙의 영향을 많이 받습니다.

그리스도는 우리가 이러한 모든 규칙들의 노예가 되지 못하도록 막아줍니다. 예수님의 영이 우리 안에 있다면 우리는 참된 자유를 누릴 수 있습니다. 〈코린토 신자들에게 보낸 둘째 서간〉의 말씀처럼 말입니다.

"주님은 영이십니다. 그리고 주님의 영이 계신 곳에는 자유가 있습니다."(2코린 3, 17)

트라피스트회 수도사 토마스 머튼Thomas Merton은 바울이 〈갈라티아 신자들에게 보낸 서간〉에 쓴 내용을 자신의 저서와 연설에서 자주 언급했습니다. 토마스 머튼은 수도원에서 생활하면서 '좋은 수도사는 모든 규율을 정확하게 지키는 수도사'라고 생각하는 많은 동료 수도사들을 보았습니다. 하지만 모든 규율을 정확히 지키는 것이 반드시 내면의 평화로 이어지는 것은 아닙니다. 그보다는 신경질적인 반응이나 갈등을 증폭시켰고, 그러한 결과는 고스란히 수도원 내부에 영향을 주었습니다.

머튼은 '묵상contemplation'이 우리를 내면의 평화로 이끌어줄 수 있다고 강조합니다. 그는 부활에 대하여 "그리스도의 비밀과 하느님의 왕국 안에서 소생한 삶"을 사는 새로운 사람에 대해 이야기합니다. 머튼은 수도사의 소명에 대해 다음과 같이 정의합니다.

"새롭고 더 완전한 정체성으로, 평화롭고 지혜로우며 창의적이고 사랑스러운 존재로, 깊이 있고 철저하며 유익한 존재로 되살아난다."

이러한 새로운 정체성을 발견한 사람은 내적 자유를 느낍니다. 그리고 사회에 순응하려는 신앙의 방식을 극복합니다. 머튼은 이러한 방식을 많은 그리스도인들에게서 보았습니다. 사람들이 신앙을 가지는 이유는, 생의 요구들을 충족시키기 위해서입니다. 그런데 묵상을 통해 내면의 자유를 얻으려고 하기보다는 세상의 기대에 자신을 맞추려고 합니다. 묵상을 통해 내적 부활을 경험하는 사람에 대해 머튼은 이렇게 이야기합니다.

"(묵상을 통해 내적 부활을 경험하는 사람은) 다른 사람들의 기쁨과 슬픔을 자신의 기쁨과 슬픔으로 느끼게 된다. 그렇지만 이 감정들로부터 휘둘림을 당하지 않는다. 그는 깊은 내면의 자유를 얻은 것이다. 이는 《신약》에서 이야기하고 있는 영의 자유다."

　이러한 내적 자유를 얻은 사람은 동시에 온전한 삶을 삽니다. 그는 삶의 모든 형태들을 자기 안으로 끌어들입니다.

　"인간의 평범한 삶, 영의 삶, 예술가의 창의성, 사랑의 경험들, 종교적 삶…. 그는 이러한 모든 제한적인 형식을 넘어서고, 그중에서 가장 최고이고 가장 보편적인 것을 유지하여 마침내 완전하고 포괄적인 자아에 도달한다."

　이러한 사람은 문화적인 편협함도 뛰어넘습니다. 머튼에 따르면, 그러한 사람은 진정한 의미에서 '포용적'인 사람입니다. 즉 그는 자신이 이 세상과 다양한 종교들 속에서 내면의 진리라고 인지한 모든 것을 결합시킵니다. 머튼은 이것이 수도사의 삶의 목표라고 생각합니다.

　"수도사의 이상은 이러한 영적 자유에 존재한다. 다시

말해 전승된 문화 안에서 조각과 단편으로 남아 있는 제약들로부터 자유로워지는 것이다. 수도생활은 모든 피조물을 '단 하나의 햇살 속에서' 보았던 성 베네딕토Saint Benedict처럼 만물을 유일한 진리의 빛 속에서 바라보는 포괄적이고 보편적인 관조를 목표로 삼아야 한다."

자유와 평화, 자유와 온전함, 모든 대립의 통합. 머튼은 바로 이것이 묵상의 근본적인 목표라고 여겼습니다. 그는 모든 것에는 어떤 결과가 따라야 한다는 전형적인 미국식 사고방식에 반대합니다. 미국에서 그는 묵상이 도구화되는 상황들을 목격합니다. 이를테면 어느 경영자가 더 많은 성과를 내기 위해 묵상을 연습한다는 것입니다.

하지만 중요한 것은 순응과 도구화를 부추기는 모든 강요와 압박을 극복하게 만드는 내면의 자유입니다. 그렇기 때문에 머튼은 수도사의 근본적인 사명은 "하느님은 우리의 머리 위에 떠 있으면서 우리의 자유를 제한하는 존재가 아니라, 우리의 자유를 보장해주는 원천임을 현대인들이 믿을 수 있도록 입증하는 것"이라고 말했습니다. 하느님과의 만남이 추구하는 목표는 '자기 자신의 깊은 자유를 발견하는 것'입니다. 그 점에 관해서 머튼은 이렇게 말했습니다.

"우리가 하느님을 만나지 못한다면 우리의 자유는 결코 그 모습을 활짝 드러낼 수 없을 것이다."

묵상을 통해 얻는 내적 자유는 진정한 내적 자유의 전제 조건입니다. 이러한 내적 자유를 발견한 사람은 남들이 자신에 대해 어떻게 생각하든, 어떻게 대하든, 신경 쓰지 않습니다. 외부의 조건 때문에 내적 평화가 흔들리지도 않습니다.

또한 토마스 머튼은 우리가 스토아 철학자 에픽테토스의 저술에서 발견한 것과 유사하게 인간에 대해 기술합니다. 즉 자유와 평화는 근본적으로 하나라는 것입니다. 인간의 판단, 성공과 인정, 명성과 같은 이 세상의 잣대로부터 자유로운 사람은 매 순간을 만족스러워할 수 있습니다.

그리고 마음속에서 진정한 내적 평화를 발견합니다. 하느님께서 그의 마음속에 존재하고 자신의 욕구나 남들의 기대에 휘둘리지 않기 때문입니다.

자유와 평화는 근본적으로 하나입니다.
인간의 판단, 성공과 인정, 명성과 같은
이 세상의 잣대로부터 자유로운 사람은
매 순간을 만족스러워할 수 있습니다.
그리고 마음속에서
진정한 내적 평화를 발견합니다.
하느님께서 그의 마음속에 존재하고
자신의 욕구나 남들의 기대에
휘둘리지 않기 때문입니다.

오늘만 최고로
행복하게

지금까지 만족의 몇 가지 측면을 살펴보았습니다. 그리고 '만족'만을 따로 떼어내어 성찰할 수 없다는 사실도 알았습니다. 또한 행복한 삶을 위해 가져야 할 여러 가지 마음가짐, 예를 들어 감사, 자유, 자율, 자족, 소박함, 명료함과 같은 것들도 살펴보았습니다.

중요한 것은 우리가 이러한 마음가짐을 반드시 충족시켜야 하는 사항이라기보다는 우리 삶의 버팀목을 제공해주는 자세들이라고 생각하는 것입니다. 누구나 마음속에 이러한 덕목들이 자리 잡고 있습니다. 잠깐 멈추어 선다면 누구나 마음속에 존재하는 이러한 자세들을 발견할 수 있습니다. 그리고 이러한 마음가짐을 충만하고 만족스러운 삶을 위한 수단으로 인식할 수 있습니다. 저는 이러한 모든 사실에 감사함을 느낍니다.

　하지만 우리 마음속에는 버팀목이 되어주는 자세들만 존재하는 것은 아닙니다. 이러한 자세들에 반하여 살거나 혹은 슬쩍 모른 척하고 싶은 마음도 늘 존재합니다. '만족'이라는 마음가짐 역시 우리 삶 속에서 요지부동으로 딱 버티고 서 있는 버팀목이라기보다는 우리 영혼에 뿌리내린 한 그루의 어린 나무와 같습니다.

　이 나무는 바람에 이리저리 흔들리기도 하며 가끔은 폭풍우에 휘어지기도 합니다. 하지만 이내 다시 똑바로 일어납니다. 옛날 수도사들은 우리의 마음을 이러한 나무에 비유하길 좋아했습니다. 그들은 유혹이 폭풍우와 같으며, 이 폭풍우는 나무가 땅 속에 더 깊이 뿌리내릴 수 있도록 해준다고 말합니다. 마찬가지로 내적 만족감도 삶의 폭풍우로 말미암아 끊임없이 위태로워집니다. 하지만 결국 시련과 실패 한가운데에서 스스로의 존재를 입증합니다.

예수님은 우리에게 포만한 만족에 빠지지 말라고 하셨습니다. 또한 삶의 폭풍우가 몰아쳐도 꿋꿋함을 잃지 말라고 하셨습니다.

"너희는 인내로써 생명을 얻어라."(루카 21, 19) 혹은 그리스어 성경의 단어를 그대로 번역하면 "그 아래에 머물러 있음으로(휘포모네hypomone) 너희의 영혼을 얻어라."와 같은 말씀을 하셨습니다. 온갖 욕구가 휘몰아쳐도 우리가 스스로 꿋꿋하게 서 있다면 삶의 소용돌이 한가운데서도 얼마든지 내적 평화를 찾을 수 있습니다. 그러면 우리는 온전한 자기 자신이 되고, 참된 자신과 하나가 될 수 있습니다.

예수님은 또 다른 말씀으로 삶의 모든 어려움을 뚫고 내적 평화에 이르는 이러한 길이 옳다는 사실을 입증해주셨습니다. 예수님은 사도들과의 최후의 만찬에서 그들에게 이렇게 말씀하십니다.

"내가 너희에게 이 말을 한 이유는, 너희가 내 안에서 평화를 얻게 하려는 것이다. 너희는 세상에서 고난을 겪을 것이다. 그러나 용기를 내어라. 내가 세상을 이겼다."(요한 16, 33)

우리가 예수님과 함께 세상을 극복한다면, 우리가 세상에 휘둘리지 않고 하느님의 뜻에 따른다면, 진정한 평화를 발견하게 됩니다. 이렇듯 '만족'은 하나의 특성으로만 규정할 수 없습니다. 만족은 궁극적으로 우리를 세상의 잣대로부터 내적으로 자유롭게 만들어주고, 이미 우리 영혼의 기저에 존재하는 평화의 공간을 발견하게 해줍니다. 우리가 이러한 내적 평화의 공간, 우리 안의 고요함과 맞닿을 때 우리는 진정한 만족을 누릴 수 있습니다.

저도, 여러분도 이미 충분합니다. 그러니 여러분에게 주어진 선물을 온전히 받아들이며 오늘을 최고로 행복하게 사십시오. 눈부신 햇살처럼 화사하고 감미로운 평화가 마음속에 가득 퍼져나갈 것입니다.

참고문헌

에픽테토스Epictetus, 《도덕에 관한 작은 책과 담화Handbüchlein der Moral und Unterredungen》, 1966.

하인리히 고데프리트Heinrich Godefried, 《만족에 관한 작은 책Ein Büchlein von der Zufriedenheit》, 1926.

라이머 그로네마이어Reimer Gronemeyer, 《금욕의 새로운 기쁨Die neue Lust an der Askese》, 1998.

에바 예기Eva Jaeggi, 《인지행동치료―현 구상에 대한 비판과 새로운 정의Kognitive Verhaltenstherapie-Kritik und Neubestimmung eines aktuellen Konzepts》, 1979.

허버트 마르쿠제Herbert Marcuse, 《일차원적 인간Der eindimensionale Mensch》, 1967.

토마스 머튼Thomas Merton, 《자신과의 조화, 세상과의 조화Im Einklang mit sich und der Welt》, 1992.

헤라트 솅크Herrad Schenk, 《소박한 삶: 과잉과 금욕 사이에서 행복 찾기Vom einfachen Leben. Glückssuche zwischen Überfluss und Askese》, 1997.

데이비드 스타인들 라스트David Steindl-Rast, 《소박하게 살기―감사하며 살기―365개의 영감Einfach leben-dankbar leben-365 Inspirationen》, 2014.

저자소개

지은이 안젤름 그륀 Anselm Grün

'사제들을 치유하는 사제', '유럽인들의 정신적 아버지', '유럽에서 가장 존경받는 행복 멘토'로 불리는 우리 시대 최고의 영성 작가. 그의 책들은 전 세계 30여 개국에서 1,500만 부 이상 판매되었고, 언어와 종교의 경계를 뛰어넘어 수많은 독자들의 영혼에 깊은 감동과 울림을 주었다.

1945년 독일 융커스하우젠에서 태어나 뷔르츠부르크에서 고등학교를 졸업한 후 바로 성 베네딕토회 뮌스터슈바르차흐 대수도원에 들어가 신부가 되었다. 성 오틸리엔과 로마 성 안셀모 대학교에서 철학과 신학을 전공해 신학 박사학위를 받았으며 뉘른베르크에서 경영학을 공부하기도 했다. 그 후 철학과 신학, 경영학을 분석심리학에 접목하여 대중강연과 상담을 해오고 있다. BMW, 보쉬, 바이엘, 다임러벤츠 등 〈포춘〉 선정 500대 기업에서 조직갈등을 해소해주는 인기 상담가로 유명하다.

현재는 뮌스터슈바르차흐에 있는 베네딕토회 수도원의 원장을 맡고 있으며, 영성지도와 강연, 저술 활동을 하고 있다. 저서로는 《하루를 살아도 행복하게》, 《황혼의 미학》, 《삶을 놓치지 마라》 등이 있다.

옮긴이 **김현정**

이화여자대학교 독어독문학과를 졸업하고 동대학원에서 석사 학위를 받았으며, 독일 예나 대학에서 수학했다. 현재 번역에 이전시 엔터스코리아에서 출판기획 및 전문번역가로 활동 중이다. 옮긴 책으로는 《마음의 상처와 마주한 나에게》, 《복종에 반대한다》, 《혼자가 더 편한 사람들의 사랑법》 등 다수가 있다.

당신은 이미 충분합니다

2019년 7월 5일 초판 1쇄 | 2021년 7월 6일 4쇄 발행

지은이 안젤름 그륀 **옮긴이** 김현정
펴낸이 김상현, 최세현 **경영고문** 박시형

책임편집 최세현
마케팅 임지윤, 양근모, 권금숙, 양봉호, 이주형, 신하은, 유미정
디지털콘텐츠 김명래 **경영지원** 김현우, 문경국
해외기획 우정민, 배혜림
펴낸곳 (주)쌤앤파커스 **출판신고** 2006년 9월 25일 제406-2006-000210호
주소 서울시 마포구 월드컵북로 396 누리꿈스퀘어 비즈니스타워 18층
전화 02-6712-9800 **팩스** 02-6712-9810 **이메일** info@smpk.kr

ⓒ 안젤름 그륀 (저작권자와 맺은 특약에 따라 검인을 생략합니다)
ISBN 978-89-6570-821-6 (03850)

쌤앤파커스(Sam&Parkers)는 독자 여러분의 책에 관한 아이디어와 원고 투고를 설레는 마음으로 기다리고 있습니다. 책으로 엮기를 원하는 아이디어가 있으신 분은 이메일 book@smpk.kr로 간단한 개요와 취지, 연락처 등을 보내주세요. 머뭇거리지 말고 문을 두드리세요. 길이 열립니다.